Casi

A*

Jorge Bustos

Casi

Una crónica del desamparo

Libros del Asteroide

Primera edición en Libros del Asteroide, 2024

Ilustración de cubierta: © Raymond Depardon / Magnum Photos / Contacto
Fotografía del autor: © Jeosm

Publicado por Libros del Asteroide S.L.U.
Santaló, 11-13, 3.° 1.ª
08021 Barcelona
España
www.librosdelasteroide.com

ISBN: 978-84-19089-84-7
Depósito legal: B. 3648-2024
Impreso por Kadmos
Impreso en España - Printed in Spain
Diseño de colección: Enric Jardí
Diseño de cubierta: Duró

Este libro ha sido impreso con un papel ahuesado,
neutro y satinado de ochenta gramos, procedente de bosques
correctamente gestionados y con celulosa 100 % libre de cloro,
y ha sido compaginado con la tipografía Sabon en cuerpo 11.

Buscar y saber reconocer quién y qué, en medio
del infierno, no es infierno, y hacer que dure,
y dejarle espacio.

Italo Calvino, *Las ciudades invisibles*

A Pat

Esta es una obra de no ficción. Todas las situaciones descritas y todas las declaraciones reproducidas fueron atestiguadas por el autor. Todas las personas que aparecen son igualmente reales, aunque algunos nombres han sido cambiados siguiendo la voluntad expresa de los aludidos.

El autor está en deuda con numerosas personas que lo introdujeron con paciencia y sensibilidad en el mundo del sinhogarismo. Sin ellas no habría podido escribir este libro. Especialmente valiosa fue la ayuda de Pepe, Maribel, Yolanda, Curro, Magu, Laura, Jose, Antonia o Juande, pero la lista es más larga. A todos, gracias.

Índice

Prefacio. Un lugar llamado Casi

Al pie de la montaña urbana de Príncipe Pío, tendido junto a las vías que acompañan el curso del río Manzanares, contiguo al cementerio de los patriotas fusilados por los franceses en 1808, en nombre del patrón de Madrid se levanta el centro de acogida de personas sin hogar más antiguo y grande de España. Algunos aseguran que de Europa.

Es un rectángulo de hormigón pintado de rojo, naranja y gris verdoso que nunca ha albergado la menor pretensión de resultar bonito. Entre sus paredes duermen, comen, a veces hablan y a diario sobreviven tres centenares de personas increíblemente dañadas que perdieron su hogar o que nunca llegaron a tenerlo en esta ciudad de más de tres millones de habitantes. Algunos se quedaron en la calle a consecuencia del daño —un accidente, una adicción, una enfermedad mental— y otros quedaron dañados a raíz de vivir en la calle; pero lo cierto en este centro es que los unos resultan indistinguibles de los otros. A estas víctimas perfectas los trabajadores del centro los llaman usuarios. Los turistas se apartan de su camino. Los vecinos se debaten entre la repugnancia y la misericordia. Pero ellos mismos, los desamparados, hace tiempo que renunciaron a la vanidad de darse un nombre y al ideal de mantener una reputación.

Un lugar así no se encuentra, porque no se busca. Más bien es la clase de lugar que nos encuentra a nosotros, a despecho de nuestra voluntad y a lomos de un misterioso designio, como esa noticia anodina en la que no reparamos hasta que comprobamos con pavor que atañe a nuestra familia. Algo parecido me ocurrió a mí cuando en febrero de 2021, superados los años de precariedad que demasiado a menudo conspiran contra la vocación periodística, pude realizar el propósito de convertirme en propietario. Encontré un ático con una amplia terraza asomada a la vieja estación del Norte, un piso no muy grande pero luminoso y bien comunicado, bendecido por el vértice forestal que forman el parque del Oeste, el Campo del Moro y la Casa de Campo.

Al poco de mudarme empecé a tropezar por la calle con los usuarios del Centro de Acogida San Isidro. Los funcionarios municipales se refieren a él con un acrónimo cariñoso: Casi. El Casi es una institución venerable del asistencialismo madrileño y español; pero para mí, recién aterrizado en el barrio y orgulloso de mi elección, empezó siendo un problema desagradable. No debo ocultar, aunque ahora me avergüence, el rechazo que sentía cuando para acceder a mi casa algunas noches tenía que saltar por encima de un indigente que había elegido mi portal para derrumbarse, completamente alcoholizado, un reguero de vino partiendo de su boca descolgada y bajando por sus andrajos hasta manchar la acera. No debo ocultar mi asco, porque de esa reacción amoral, instintiva y frecuente surgió la idea de este libro.

La experiencia ordinaria de convivir con usuarios del Casi fue socavando silenciosamente mi repulsa hasta que un día entendí la oportunidad que se me ofrecía. Sucedió una tarde a la vuelta del trabajo en la redacción, mientras conducía por el barrio con cuidado de no aproximar el coche en exceso a los cuerpos que se tambaleaban en los márgenes de la calzada. Igual que estalla el fósforo en la lija entendí aquella visión cotidiana como una enigmática sugerencia. Como un eco de la recomendación de Strindberg que nos invita a mirar precisamente allí de donde es normal retirar la mirada. No se trató de ninguna epifanía religiosa y mucho menos de presunción poética: tan solo vislumbré un posible retorno al origen del periodismo sin salir de mi vecindario. De pronto me apeteció averiguar lo que podía aprenderse de la condición humana tan cerca de mi casa y tan lejos de mi hábitat laboral en platós, despachos, estudios de radio y cámaras parlamentarias.

Me puse a trabajar. Y bastaron las primeras entrevistas para confirmar el salvaje interés que despiertan, a su pesar, aquellos que se mueven en el límite de su propia existencia: los casi ciudadanos del Casi. Porque quienes se levantan y se acuestan sobre el filo de la vida y han hecho del vértigo su costumbre muestran —con una impudicia dolorosa— todas aquellas capas de humanidad cesante, de dignidad rebanada, que han ido perdiendo por las calles. Hasta que exhiben apenas una fibra esencial, algo como el aliento de los días fríos, un tibio núcleo de voluntad que aún palpita. El desnudo deseo de la supervivencia.

Contra lo que se suele decir los sintecho no viven como animales, porque los pájaros construyen nidos, las mascotas viven con sus dueños y hasta las alimañas excavan sus madrigueras. Lo primero que hicieron nuestros ancestros cuando bajaron de los árboles fue adecentar una cueva. De modo que un ser humano que no tiene casa sigue siendo un ser humano, y sin embargo no disfruta de las ventajas de ser un animal. Si a los indigentes, pordioseros o vagabundos se les asimila a animales quizá sea porque comparten con ellos la incapacidad de comunicarse. Porque lo segundo que pierdes cuando pierdes tu casa es el lenguaje.

La palabra, dijo un filósofo, es la casa del ser. Sin casa un hombre va quedándose mudo, va mudándose al ámbito demudado de la incomunicación radical, del enmudecimiento absoluto. El sin hogar vive en un estado de reclusión emocional, expresiva, léxica. Según el testimonio de Primo Levi, que dio cuenta de la condición de víctima en su estadio más puro, los prisioneros de Auschwitz experimentaban una pesadilla recurrente: salían del campo y se reunían con sus familias y allegados, pero al intentar referir su experiencia las palabras no acudían a la garganta. O peor: acudían pero no eran creídas.

En la sociedad de los hombres toda víctima lo es por partida doble: cuando descubre que lo es y cuando lo descubren los demás. Un lacerante atavismo de la especie pone sobre el protagonista de la tragedia una sombra adicional de sospecha, como si a pesar de los esfuerzos redentores del cristianismo el sufrimiento humano continuara maldito, como si lo administrara el capricho de una deidad pagana. De los *hibakusha* de Hiroshima a los primeros sidosos de California; de las víctimas del terrorismo —«Algo habrá hecho»— a las mujeres maltratadas y desoídas; del adolescente linchado en las redes al inmigrante menor de edad: todos ellos atemorizaron o atemorizan aún a la sociedad con su herida vergonzante asociada a una culpa injusta. Solo aprendiendo el arte de la compasión, que es un arte ilustrado y no visceral, se vence ese miedo cruel con el que sus semejantes revictimizan al desdichado. Solo recordando que la dignidad es siempre individual y luce singularmente en los más débiles nos hacemos merecedores del respeto mutuo que nos hace humanos.

Los años acumulados en el ejercicio del periodismo político me han persuadido de que la derecha no sabe contar lo que hace ni la izquierda sabe hacer lo que cuenta. Pero este no es un libro de denuncia. No participa de ninguna forma de activismo social ni parte de ningún presupuesto ideológico ni aspira a resituar en la agenda mediática la lucha contra el sinhogarismo o el problema de la escasez de vivienda. Otros reporteros harán todo eso mejor que yo. Ahora bien, tampoco conviene escamotear la paradoja de invisibilidad que empaña un fenómeno cada vez más presente en nuestras ciudades.

Los protagonistas de este libro están por todas partes, pero solo salen en la prensa —sección de local— cuando alguno es quemado bajo un puente o cuando se lanza la campaña anual contra el frío. La democracia primermundista reconoce hoy autoridad moral e ideológica a cualquier colectivo que logre articular con éxito su proceso de victimización, pero de esa carrera está exceptuado el conjunto de desposeídos más evidente y perentorio de todos; desposeído además de cualquier rentabilidad política. Las víctimas que aparecen en este reportaje son incomparablemente más verdaderas que otras, pero estas que nos ocupan evitan a menudo presentarse como tales y renuncian a señalar culpables fuera de ellas mismas y sus garrafales decisiones de vida. Su aspiración, en los contados casos en los que aspirar sigue siendo para ellas un verbo conjugable, no es otra que la de recuperar la autonomía individual. Todos somos animales políticos menos ellas, que parecen vivir extramuros de la polis, fuera del alcance del debate público.

¿Qué clase social es una que está integrada por excluidos absolutos, excluidos no ya de la comunidad sino de la pura conciencia de sí mismos a causa de una privación total? ¿Y qué conciencia de clase pueden desarrollar aquellos que se anulan a conciencia la conciencia, a base de drogas adulteradas y alcohol barato, hasta que pierden la vida después de haber perdido el juicio? En toda pesquisa sobre los límites de la dignidad humana, por modesta que sea, las preguntas impúdicas se suceden. ¿A partir de qué grado de carestía material se pierde el espíritu? ¿Y qué necesita el espíritu para alzarse sobre la degradación material? Con razón Marx despreciaba el lumpen, ese material humano demasiado defectuoso como para hacer la revolución.

Quizá algunas de estas consideraciones de carácter abstracto y colectivo se desprendan espontáneamente de las historias recogidas a continuación, pero no es ese su cometido. Tampoco se trata de perfeccionar una teoría de la aporofobia, que Adela Cortina ha definido como el rechazo al que no tiene nada que ofrecernos salvo problemas. Este libro pretende ser un ejercicio de observación que se dirige a lo concreto y particular. Deja hablar a los que nunca hablan, pero desconfía de los buenos sentimientos, que a menudo son la coartada de la peor hipocresía cuando no del narcisismo moral o de una odiosa condescendencia. El proyecto habrá obtenido su justificación si las voces aquí reunidas fomentan en el lector alguna reflexión sobre la impiedad y la empatía, sobre el fracaso de la comunicación en el corazón mismo de la sociedad hiperconectada, sobre la pérdida de adherencia del lenguaje, sobre la cultura del simulacro ético en la que burbujean los predicadores más sensibles de internet.

No es coquetería afirmar que yo no elegí hacer este libro sino que me fue impuesto. Así me sentí, como un médium desprevenido. Pero el inopinado encargo habrá merecido la pena si predispone en el lector ese fogonazo de piedad continua del que nacen la gratitud por lo que nos ha sido dado y la promesa de no juzgar a quienes todo se les arrebató.

El contacto visual con el indigente callejero precipita una reacción híbrida en la que se revuelven el asco, la compasión, el miedo y el odio. No tengo claro que la compasión sea la más positiva de esas cuatro pulsiones, porque compadecerse de alguien reafirma la insalvable distancia entre el sujeto y el objeto, entre el piadoso y el digno de lástima. Es inevitable sentirse superior al compadecido. Pero quien completa el viaje psicológico hasta el odio supremacista parte siempre del miedo: es alguien que temía tanto convertirse en el otro que ahora lo odia. No es casual que la noción griega de fobia (xenofobia, homofobia, aporofobia) se traduzca a veces como miedo y a veces como odio. Por eso importa mirar lo que no se mira: para averiguar de dónde nace ese temor atávico a mirarlo. Porque cuesta reconocerse en ese espejo paralizante que nos devuelve, como en el mito de Medusa, la posibilidad de nuestra propia destrucción cumplida en un congénere, no en un extraño. En cierta versión del mito, Medusa no fue culpable de otra cosa que de su irresistible belleza, por la cual Poseidón la violó en el templo de Atenea, que montó en cólera y condenó a la violada a criar serpientes donde hubo hermosos cabellos y a petrificar al incauto que se atreviera a mirarla. Cuando se conoce la historia de aquel indigente desastrado que zigzaguea por nuestra calle descubrimos con espanto que podríamos ser nosotros.

El Centro de Acogida San Isidro es el planeta alrededor del cual orbitan los demás centros madrileños de atención a personas sin hogar. Por eso el libro parte del Casi y vuelve siempre a él, pero explora también sus satélites. El reportaje sigue la circunstancia de los sintecho según el ciclo cronológico de un año, el curso natural de las estaciones del otoño al verano, porque ninguna vida depende tanto de las variables climáticas como la de quien no tiene casa. Los trabajadores sociales no se ponen de acuerdo sobre si es más peligroso el verano, con sus olas de calor y su pegajosa invitación a la violencia; o si lo es el invierno, con sus hipotermias fulminantes y su pugna territorial por encontrar cobijo, aunque sea de cartón. Lo seguro es que el clima extremo de la meseta añade complicaciones a la tarea de conservar la salud y la dignidad de aquellos que luchan por no perder del todo la primera y por no pensar con nostalgia en la segunda.

En las frías noches del invierno madrileño, cuando el gélido aliento de la sierra baja hasta la ciudad cortando el aire con cristales negros y se posa pesadamente en las aceras grises, cuando ni las farolas encendidas alcanzan a poner una nota de calor en el ambiente, es posible caminar bien abrigado a lo largo del paseo del Rey, por el que efectivamente llegaba a palacio un monarca absoluto, y descubrir al costado de la pequeña montaña de Príncipe Pío la mole oscura y fea del Casi, como una central atómica a pleno rendimiento, quemando ingentes cantidades de dolor humano capaces de iluminar una metrópoli.

No exactamente un hotel, pero casi

Para satisfacción de los clientes asiduos a las terrazas, el octubre madrileño abre un grato interludio entre el asfalto en brasas del estío y la canción de hielo del invierno. El clima aún es templado, pero los trabajadores de la red de asistencia a personas sin hogar saben que el invierno siempre se está acercando.

Es la hora del desayuno. En una cafetería del paseo del Rey me ha citado Pepe Aniorte para ir juntos a visitar el Casi por primera vez. Una toma de contacto y un recorrido guiado por Maribel Cebrecos, la directora del centro. Pepe es concejal de asuntos sociales, pero hacía voluntariado antes de entrar en política. En concreto se dedicaba a atender a los sintecho. Su función en el ayuntamiento reviste así una coherencia excepcional, dado el criterio habitualmente bizantino con que reparten las cuotas de poder los partidos políticos.

«Hay un patrón que explica el proceso por el que alguien llega a quedarse en situación de calle. Todos recibimos dos o tres golpes traumáticos a lo largo de nuestra vida. Pero estas personas reciben el doble y además todos seguidos. Más allá de las diferencias por entorno familiar y nivel de renta, la historia siempre termina igual: la red de afectos de esa persona se descompone a toda velocidad. Pierden el trabajo, la familia, las amistades y por último su casa. Y se ven durmiendo en la calle. Y quien pasa más de un mes en la calle empieza a tener muy difícil reinsertarse en la sociedad. Experimenta la pérdida de la dignidad y ya no se recupera de ese trauma. Por eso hemos puesto en marcha programas de intervención rápida que detecten y saquen de la calle a esas personas cuanto antes. Después es más complicado», explica Pepe.

En el Casi hay quien lleva viviendo un mes y quien lleva quince años. Porque aunque el objetivo siempre es la restitución de la autonomía personal, la restauración de una mínima autoestima desde la que erguirse y avanzar, cuesta demasiado alzarse de ciertos abismos. «Se necesita un propósito vital. Eso que llamamos el sentido de una vida. Ellos acaban creyendo que se merecen su situación. Asumen que nadie los ve, que todos los desprecian. Hay que encontrarles un punto de luz, una aptitud propia. Quizá en el pasado aquel practicó un deporte, a este se le daba bien cocinar, ese otro pintaba muy bien... La clave es localizar esas potencialidades y tirar de ellas para que vuelvan a sentirse humanos, un miembro de la comunidad legitimado para hablar con los demás. No nos damos cuenta de que ellos nos tienen mucho más miedo a nosotros que nosotros a ellos. Porque ellos solo han recibido violencia.»

Durante la pandemia del covid, recuerda Pepe, apenas se registraron brotes masivos procedentes de centros de acogida. Pese a la descorazonadora falta de higiene en la que se desenvuelven, no proliferaron focos de infección vinculados a indigentes. Los que se declararon en el interior de los centros no traspasaron sus paredes. La razón es tan científica como triste: nadie se les acerca nunca. Con ellos la distancia de seguridad se entabla de forma automática, prudencial. Funcionó la asepsia del asco.

El grial del asistencialismo es la autonomía. Solo la valora en su humana medida quien la pierde o quien ve cómo la pierde otro. Los antiguos depósitos de mendigos —así se llamaban— primaban el aforo, las autoridades los diseñaban como hangares, enormes salas de literas corridas para acoger al máximo número de personas. Hoy el Casi distribuye sus doscientas cuarenta y tres plazas con régimen de pernocta en cuartos de seis, cinco, cuatro camas. Otros sesenta frecuentan el centro de día para comer y socializar. Y hay veinticinco durmiendo en pisos tutelados.

La mujer que se queda en la calle es la víctima total, quintaesenciada. Toda mujer que haya dormido un tiempo a la intemperie ha sido agredida o violada o ambas cosas. Si te ganas la confianza de una de ellas es posible que acabe confesándote su mejor decisión: entregarse al chulo más peligroso. «Prefiero que me pegue uno a que me peguen todos», es su conclusión. Una mujer sometida a la ley de la calle comienza a observar una lógica puramente selvática: cuanto más feroz sea su propietario, más disuasorio resultará a los ojos de otros pretendientes.

Maribel posee mente de funcionaria pero es el alma del Casi desde hace década y media. Rubia, vivaz, con un velo de humedad en sus ojos claros que no necesariamente denota un temperamento impresionable. Aunque es decana en gestión social aún confiesa que venir a trabajar aquí le plantea un reto diario. Franca, resolutiva, permanentemente reclamada por alguien. Tiene poco tiempo para asuntos que no sean de vida o muerte, y no siempre en sentido figurado. Ha pasado demasiados años al frente del centro de acogida más demandante de España como para sorprenderse de nada. Ha visto de todo.

En agosto de 2020 la directora del Casi estuvo a punto de morir. Acumulaba cinco meses en primera línea de combate contra el virus, tratando de proteger a los pacientes más disfuncionales de la ciudad, ensayando protocolos de complicada aplicación. Regresaba a su casa en un pueblo de la sierra después de otra jornada extenuante cuando el cansancio la venció. Un azar misericordioso intervino en la trayectoria y Maribel despertó al volante de su coche, suavemente empotrado contra un seto, ilesa. Luego entró temblando en casa y se rompió entre lágrimas delante de su marido.

«La atención aquí se ha dignificado mucho. Antes los trabajadores y los usuarios entraban por puertas distintas. Hay que tener en cuenta que el centro se fundó en 1943. Después vinieron varias reformas. La de 2011 ha permitido personalizar más la asistencia, aunque ahora el perfil está empeorando. Vienen cada vez más jóvenes, más extranjeros, con más adicciones y con más problemas de salud mental. Tenemos un setenta por ciento de hombres y un treinta de mujeres, mitad de españoles y mitad de extranjeros y una edad media de cuarenta y cinco años. Nuestra especialidad es la gente más dañada de Madrid: aquellos a los que se les ha roto la última red», recita Maribel. Ahora planea aprovechar la llegada de los fondos europeos para mejorar las prestaciones del centro.

Es tan antiguo el Casi que lo ha sido todo: depósito de mendigos, obra de misericordia, cárcel de hombres y mujeres condenados por la ley de vagos y maleantes —aprobada por la República, aplicada después por el franquismo—, inclusa de huérfanos y moderno centro de acogida a partir de 1983. Mientras cumplió funciones de centro penitenciario aquí vivieron las familias enteras de los convictos. Un iconoclasta irreflexivo (valga el pleonasmo) podría sentir la tentación de demolerlo y construirlo de nuevo con tal de borrar el estigma de los usos pasados. A fuerza de conocerlo te acaba pareciendo hermoso tal como está, cargando con todos sus fantasmas y también con todos sus ángeles.

En el Casi no solo se come y se duerme. También se documenta al indocumentado, que es tan importante como comer y dormir. Se les ayuda con el papeleo para tramitar un ingreso mínimo o una pensión no contributiva, una tarjeta de residencia o el sello del paro. Porque algunos buscan y encuentran trabajo, aunque lo pierden con facilidad. Una minoría mendiga: a diario un centinela de la caridad o dos se apostan a la puerta del supermercado donde hago la compra. Algo más de la mitad de los usuarios del Casi —ceder a considerarlos residentes sería traicionar la aspiración programática a la autonomía— cobra alguna ayuda pública. Pero no es fácil que confíen en el personal del centro. Llegan allí defendidos por una coraza instintiva de recelo segregado a lo largo de muchas noches de brutalidad gratuita, así que no le dicen la verdad ni al médico.

«Generalmente reconocen la autoridad. Se atienen a las reglas, que aquí son estrictas por necesidad. La mayoría entra y sale regularmente. Otros no salen nunca. Algunos salen y tardan días en volver. Por la noche hay un turno especial compuesto por cinco profesionales: tres auxiliares de servicios sociales y dos vigilantes de seguridad. Hacen guardia desde las once de la noche hasta las siete de la mañana y se ocupan de que todo fluya con la máxima tranquilidad. Reciben a los que llegan de noche (también a los que no son del centro y vienen huyendo del frío), atienden posibles emergencias sanitarias, velan a los que están más enfermos, hacen rondas para comprobar que la gente duerme. Se trata de posibilitar el descanso de todo el mundo, porque es vital que cojan energías para el día siguiente. No suele haber incidencias salvo que toque llamar al Samur si alguien se pone malo.

»La recepción es como la de un hotel: se les ficha y les explicamos los horarios y los servicios. Las habitaciones hemos tenido que cerrarlas porque se roban entre ellos, pero los fines de semana las dejamos abiertas. Vamos a celebrar una asamblea para someter a votación este tema de cerrar las habitaciones. Lo que prefieran. Además tenemos a los alojados en pensiones o en pisos tutelados, que son los que han alcanzado un mayor grado de autonomía.»

Hacia lo individual por lo colectivo. Tal podría ser el lema de este lugar por el que Maribel me conduce a toda velocidad. De la garita del vigilante al área de actividades pasando por la Puerta Única de Entrada. Esta es la famosa PUE, que centraliza todas las demandas de Madrid a través de un equipo de entrevistadores que identifica los perfiles y asigna el destino más adecuado a cada uno. Hay también una habitación de emergencia, en la que cuento seis camas con sus correspondientes taquillas. Están ocupadas y tiene sentido: a ver quién distingue aquí lo que es una emergencia de lo que no lo es.

El patio y la sala de televisión son zonas de convivencia especialmente concurridas que permiten socializar a los usuarios. Si es que quieren o pueden socializar, claro; la mayoría se contenta con vegetar y los peores con insultarse entre sí o requebrar a las auxiliares. A un lado del patio se abre la sala de reducción del daño. Sobre el papel se trata de una iniciativa pionera concebida para tutelar el consumo de los alcohólicos, que son casi todos. En la práctica no es más que una habitación provista de sillas, mesas, pantalla de tele y despensa cerrada con llave donde se guardan latas de cerveza y cartones de vino. Cada hora, bajo control médico, se les dispensa una dosis medida a aquellos dependientes que desean beber sin acabar embrutecidos sobre el banco de un parque o inconscientes en los escalones de la estación. Al principio no se apuntaron muchos candidatos, pero tras un año de prueba se ha verificado la eficacia del invento: los que acuden a beber a la sala de reducción consumen menos y con más orden. Han ganado un poquito de autonomía. Alguno incluso ha logrado dejar el alcohol y marcharse a un piso, y esta noticia por sí sola basta para llevar esperanza a los trabajadores del Casi. Que no son gente acostumbrada a las buenas noticias.

La hora del almuerzo es la más delicada. Con la comida no se juega nunca, pero entre hambrientos mucho menos. El almacén y la cocina no esconden su carácter industrial. El comedor es largo, y un severo sistema de turnos permite acomodar a dos usuarios por mesa. Aunque cabrían más, no comen más de sesenta a la vez. De este modo la ceremonia del almuerzo se alarga, pero se ha descubierto que es la mejor forma de evitar conflictos. Se trata de evitar en la mesa y en la cola coincidencias indeseables entre usuarios pendencieros, lo cual se consigue fijando un recorrido lineal y vigilado. Un poco como los pasillos de Ikea en época de rebajas.

Las medidas del salón de actos son dignas de un extinto cine de pueblo, con su tarima y su proyector. Adyacentes al salón se ubican los cuartos de los talleres. En uno de ellos, bajo la tutela de una benemérita asociación vecinal, se confeccionó una original colección de maletas decoradas por los propios usuarios que acabó exponiéndose en el vestíbulo de la Universidad Complutense y más tarde en un pabellón del parque de El Retiro, donde tuve ocasión de verla. Eran artefactos llenos de ingenio en los que la esperanza forcejeaba con la amargura, que era la que solía imponerse: al fin y al cabo las obras gritaban la condición de sus autores. Se exponía por ejemplo una maleta con forma de isla habitada por una náufraga rodeada de tiburones. Había otra, titulada *Enlatada*, que contenía latas de conservas, en una de las cuales la autora había colocado su fotografía. También había un huevo en una jaula dentro de una maleta. Y una maleta-maceta con dos tallos que brotaban con optimismo. Y un santo ensangrentado con un cuchillo. La muestra quería invocar el valor terapéutico del arte, pero a la vista de las obras venía al pelo la célebre greguería de Ramón: «El arte es morirte de frío».

No falta en el Casi gimnasio ni sala de informática ni una modesta biblioteca que tiene más éxito del que cabría imaginar. «Programamos actividades, pero tampoco nos afanamos demasiado en que acudan a los talleres para que no generen dependencia. Lo que intentamos es que vean este lugar como una etapa de paso. Preferimos que salgan fuera, que hagan actividades de exterior si el tiempo lo permite», razona Maribel.

La galería sanitaria consta de los despachos del equipo médico, la peluquería, la consulta de la doctora, la del podólogo y la sala de oxígeno. En este momento hay dos personas enchufadas al respirador en la penumbra. Ahora Maribel dirige sus pasos hacia la zona de mujeres. Porque el Casi es mixto, pero un exceso de promiscuidad resulta fatal; ciertos episodios dramáticos se han encargado de demostrarlo. Una imagen de santa María de la Cabeza, esposa de san Isidro, amadrina lógicamente la galería femenina. Por una puerta ahora cerrada se accede a la residencia de las cinco monjas que viven en el centro, con su capilla y todo. Las Hijas de la Caridad llevan aquí desde que el ayuntamiento pactó con ellas la fundación de un hogar de acogida en 1943. Es decir, desde el principio.

Las usuarias duermen en habitaciones cuádruples. «Tenemos unas cincuenta mujeres en régimen de pernocta y otras cuarenta que pasan el día. Los varones son muchos más, pero tratamos de que no coincidan con ellas en el acceso a la parte común de los baños.» Me he asomado a un cuarto y parecía más limpio, más ordenado, no mucho mejor ventilado que las galerías masculinas. Sobre una cama diviso tres peluches: un mono, un perro y un pulpo. La certeza de que su dueña no habrá conocido la ternura en todos los días de su vida, de que quizá ha sido víctima de violencia sexual desde la infancia, confiere a la visión de esos peluches un efecto perturbador, a medio camino entre el horror y el consuelo.

Es noviembre de 2023. El Casi cumple ochenta años. Al sencillo acto de conmemoración que organiza el centro no han faltado autoridades municipales de distintos partidos: alcaldes, concejales, delegados de área. Por una mañana la política parece reconciliarse con su misión declarada. Laura, directora de inclusión social, agradece a Maribel su liderazgo y a las Hijas de la Caridad que mantengan viva la conexión espiritual con el momento de la fundación. «Solo les pedimos que su presencia se sienta en el centro», dirá Maribel dirigiéndose a la cámara de Mario, un reportero que ha grabado un bonito cortometraje sobre el Casi con el título de *Casi invisibles*. Luego se procede a la entrega de los premios del concurso de fotografía convocado para la ocasión, que gana una trabajadora social con una imagen titulada *Vínculo*. El alcalde Almeida ubica en el Casi el corazón palpitante de una ciudad que en ocho décadas ha pasado de lugarón manchego a metrópoli global. Después entrega a Maribel las llaves electrónicas que los inquilinos venían demandando para ganar intimidad en las habitaciones.

Cierra el acto Jesús, con su guitarra. Músico callejero, superviviente de la trinchera de la calle, ahora transita por los caminos de la templanza según propia confesión. Ha reciclado sus noches de malvivir en una canción que quiere dedicar a «la gente importante» de la sala, que no son los políticos sino los usuarios. Canta a la pena de haber ido tan deprisa, a los sitios oscuros y a los inviernos muy duros, al peligro de perderse fácilmente. Al sitio donde estuvo y adonde no quiere volver.

Los que llegan de la calle

No adivino la edad del hombre de barba caótica, vestido únicamente con una camiseta, que dormita a las puertas del Casi esta mañana. Siempre tienen menos años de los que aparentan. Lo primero que hace la calle con cualquiera que duerme en ella es ponerse a envejecerlo concienzudamente. Le hincha las manos y las amorata, convierte las uñas en garras y va represando en su cuerpo un olor imposible, denso, agrio, que nuestra pituitaria de probos ciudadanos condena al instante en juicio sumarísimo. Aunque los trabajadores se afanan en ventilar el centro, el perfume de la calle se cuela siempre y no lo abandona ni siquiera en el patio. Es la nube de la desgracia.

Sandra es la coordinadora de la Puerta Única de Entrada al sistema asistencial madrileño. Todas las personas que aparecen a diario tiradas por las calles de la ciudad y desean un techo acaban en su puerta. Desde el joven que cruzó en patera hasta el profesional desahuciado por impago. Desde la víctima de violencia sexual hasta el esquizofrénico que ha terminado en la heroína. La red de recursos de una capital como Madrid es potente, pero siempre está colapsada porque la demanda no para de crecer.

«Antes era una locura. Ahora con PUE hemos logrado centralizar todas las demandas de ingreso de la red municipal. De aquí es derivada cada persona, en función de su perfil particular, a los distintos centros con los que contamos: el Juan Luis Vives para jóvenes, el Beatriz Galindo para mujeres, La Rosa y el Puerta Abierta para personas especialmente deterioradas. Y el Casi, que es un poco para todos, aunque cada vez recibe más enfermos mentales: digamos que empieza a ser nuestra especialidad. Físicamente aquí se presentan unos dos al día, pero luego están los que llaman por teléfono, o los que acuden al Samur Social, o los detectados por los equipos de calle, o los que nos envían correos electrónicos con su solicitud. Aplicamos un criterio de mayor a menor vulnerabilidad en una escala de tres niveles. El nivel uno indica máxima dependencia. Tenemos a muchos de nivel tres en lista de espera. Son prioritarias las mujeres y los jóvenes de dieciocho a veinticinco años. Con estos, si llegamos a tiempo, es posible evitar que se cronifique su situación.»

Cuenta Sandra con tres trabajadores más en su equipo. Pero se quejan de que no dan abasto. La saturación es constante desde hace unos años. Hay días en que su trabajo obliga al triaje. «Se plantean dilemas frecuentes porque no hay plazas y tenemos que seleccionar. Algunos vienen con mucha necesidad, llenos de angustia. La única forma de que se liberen plazas es el éxito o el fracaso. El éxito de que alguien recupere la autonomía suficiente como para valerse por sí mismo fuera de aquí. O el fracaso: una muerte, una expulsión, una vuelta a las andadas. Ahora hay menos expulsiones, son el último recurso. Tratamos de reeducar. Pero este verano uno quemó la furgoneta de la unidad móvil. Otro entró con un hacha, amenazando a todo el mundo. Otros roban o agreden reiteradamente. El verano ha sido duro, se ponen más agresivos, ha habido mucho jaleo.»

La forma de rebajar la hostilidad de los usuarios primerizos es la creación de un vínculo. Algo que sirva de enganche para empezar a tejer una relación de mínima confianza entre un superviviente de la calle y su asistente social. Este empieza entablando un diálogo, luego fijando una pauta, después marcando unas normas. Las fases del vínculo. El riesgo radica en que el recién llegado se obsesione con el trabajador, lo cual es lógico porque seguramente es la primera persona que lo trata como a un ser humano en mucho tiempo. «Pero tanto como miedo no pasamos, ¿eh?», puntualiza Sandra.

Los equipos de calle son las antenas exteriores del sistema. Los radares del desamparo. Hay diecisiete distribuidos por todo Madrid y patrullan a pie en parejas como los guardias civiles. Hacen la ronda cada mañana por los veintiún distritos de la capital charlando con los indigentes conocidos o detectando y familiarizándose con los desconocidos. A los de toda la vida los tratan por su nombre y por sus vicios, y ellos les corresponden haciendo de informantes: les cuentan quién se ha metido en problemas —en problemas más serios de los habituales, quiero decir— o si ha aparecido alguien nuevo por el barrio. Los equipos de calle llevan el registro cordial de la población sin techo: calculan que a diario duerme a la intemperie una media de algo más de mil personas repartidas por los veintiún distritos de la ciudad, con predilección por Centro, Arganzuela y Barajas. La movilidad de esta población es constante. Cuando aparecen nuevos durmientes, los caminantes del Samur establecen la primera toma de contacto para persuadirlos de la conveniencia de abandonar la calle, de acudir a la acogedora ventanilla de PUE, de mudarse temporalmente a un lugar caldeado concebido para atenderlos.

Hay centros como el Juan Luis Vives específicamente orientados a la reinserción. No es el caso del Casi: aquí la prioridad es recuperarlos y luego ya se verá. El problema es que arrastran tanto daño que a poco que mejoran generan dependencia del propio centro. A ese fenómeno lo llaman aquí «institucionalizarse». Por eso algunos llegan a quedarse muchos años. Su casa es la institución y nada ni nadie los espera ahí fuera. Ya nunca saldrán.

La reciente inauguración del centro Beatriz Galindo obedeció a esta estrategia de personalizar en lo posible la atención según los perfiles. Las mujeres en situación de calle son carne de cañón. Muchas consumen cocaína para no quedarse dormidas y que las violen mientras duermen, y los medios por los cuales consiguen la cocaína son fácilmente imaginables. «No hace mucho una mujer fue agredida sexualmente en el centro de La Rosa y no tuvimos más remedio que expulsar al hombre», cuenta Sandra. Pero el equipo de PUE no se desanima. Aseguran que basta una semana para advertir el cambio en algunos recién llegados. La pandemia, por ejemplo, representó una oportunidad para los que supieron aprovechar su fastidioso normativismo: las reglas desconocidas que imponía la lucha por contener el covid favorecieron en algunos un renacimiento de la voluntad. «¡Incluso vimos casos de desintoxicación!»

Les pregunto por el vecindario. Aunque el Casi estaba aquí antes que la mayoría de los bloques de viviendas que se levantaron tras la guerra civil —estamos en pleno frente del noroeste, objetivo pertinaz de los bombardeos—, no todos los vecinos reconocen el derecho de los sintecho a compartir la calle con ellos. Los responsables del centro de acogida más grande de la ciudad no piden alardes franciscanos, pero se conformarían con algo menos de insensibilidad social. «Algunas situaciones hay que verlas... Por eso entre nuestras tareas está la de acompañarlos a hacer una gestión al banco o a comprar al supermercado o al médico. Así les evitamos la violencia institucional. El otro día, en el metro de Casa de Campo, a un chaval con problemas mentales que pegó una patada a su propia mochila se le echaron encima los de la seguridad privada como si fuera una amenaza y no una víctima. Aunque la policía por lo general es comprensiva, y con los vigilantes del centro comercial tienen bastante complicidad. También es justo reconocer que hay asociaciones vecinales que sí se preocupan por ellos.»

Tratándose de la puerta de entrada al sistema de asistencia de una gran capital, la barrera idiomática puede interponerse entre los demandantes de techo y la administración. En el Casi se congregan personas de más de noventa nacionalidades. ¡Más de noventa! Se acaba antes buscando un país que no haya tenido representación en este centro. Abundan sobre todo los latinoamericanos, los africanos —sobre todo del Magreb y de Senegal— y los de Europa del Este. «A veces les hablamos por gestos o con el traductor del móvil. Recuerdo el caso de un chino que jamás llegó a decir una sola palabra en español. Murió en La Rosa hace un año. La mayoría habla nuestro idioma, pero los orientales y los eslavos no se esfuerzan mucho por aprenderlo. Yo me he puesto ahora con el rumano», reconoce Ana, que trabaja con Sandra. Ellas y sus compañeros tratan de extremar la imparcialidad en el trato, pero aun así los extranjeros les acusan de privilegiar a los españoles y los españoles de que anteponen a los extranjeros. Un reproche clásico de la suspicacia nacionalista.

A medida que avanza la entrevista el equipo de PUE depone la cautela funcionarial y se atreve a enunciar su frustración. Lamentan que su trabajo a menudo se reduzca a una lucha desigual contra las listas de espera. Que el colapso no tenga visos de remitir. Que su ventanilla se haya convertido en el cajón de sastre sobre el que la red descarga sus ineficiencias, como si el departamento de sinhogarismo pudiera hacerse cargo de todos los marrones: las fuerzas especiales de lo social. Que asumen casos que deberían gestionar la Consejería de Sanidad o el Ministerio del Interior, que para eso tiene las competencias de inmigración. Pero el desahogo termina pronto, porque uno no se hace trabajador social para quejarse. Estrella, que coordina PUE con los equipos de calle, comenta de pronto que los usuarios ya están escribiendo a los reyes magos. «Cuando en enero reciben su regalo escriben cartas de agradecimiento. Hay que leer esas cartas para entender este trabajo.»

A la salida diviso a un hombre cojo de raza negra que avanza en dirección al centro. Se mueve con mucha dificultad, caminando de lado, apoyando las dos manos en las rejas de las ventanas o en los muros de los edificios distribuidos a lo largo del paseo del Rey. Al aproximarme comprendo que está ebrio y que va musitando palabras para sí mismo. Cuando por fin me cruzo con él escucho esta letanía: «España iba bien cuando llegué yo. España iba bien».

Una excursión a Ávila

Nos vamos a Ávila. Es una de las actividades programadas por el Casi para este otoño. Puede que el destino no suene demasiado exótico, pero trasladar un autobús de personas sin hogar a cualquier parte, aunque sea a la provincia vecina, se parece mucho a una odisea. Como todas las odiseas, hay que narrarla.

Se han apuntado casi cuarenta usuarios —de los cuales la mitad provienen de otro centro, el Puerta Abierta, que se ha especializado en perfiles de deterioro extremo—, dos monjas, tres auxiliares y dos voluntarios: Magu y Carmen. Junto a este equipo logístico, como queriendo pertenecer a él, se presenta una de las estrellas de la excursión. Nadie que frecuente el Casi tarda mucho en conocerla. Vamos a llamarla Ana Patricia.

Magu ha asumido la responsabilidad de organizar la excursión. Es alto y delgado, se percibe rápido que está habituado a mandar, ya no es joven pero en sus ojos llamea una alegría incombustible. Colabora hace años con una oenegé y su pequeña historia personal explica los motivos por los que resulta estúpido perder la esperanza en el hombre. De momento se pone algo grave: «Veo más deterioro mental, más agresividad que antes. La proporción de extranjeros sin hogar no deja de crecer y vienen peor que los nacionales. Eso eleva el nivel de exigencia».

Ocupo mi asiento en el autobús junto a Carmen, enfermera jubilada pero sobrada de energía. Dice que su vocación es ayudar, reconoce que lo echa de menos desde que se jubiló. Es la tercera vez que participa en una actividad del Casi. Presentó solicitudes en varias oenegés pero ninguna contestaba. Solo en el ámbito escasamente glamuroso de las personas sin hogar valoraron su disposición. Aquí nunca falta trabajo y nunca sobran manos. Carmen invierte una hora de tren desde su casa para llegar al Casi. Pertenece a Nadiesolo, la oenegé a la que el centro ha encomendado la organización de la salida a Ávila bajo la batuta de Magu.

La biografía de Magu daría para una de esas películas ternuristas llenas de buenas intenciones con las que se acaba haciendo pésima ficción. Solo que no es ficción. Dentista de carrera, yupi de éxito en los ochenta, siete apellidos vascos como siete dioses tutelares, vivienda en el barrio de Salamanca. Una crisis vital que no especifica frena en seco su vida acelerada. Un amigo poeta le aconseja hacer voluntariado, le dice que a él le funciona. Hoy lleva más de diez años haciéndolo y por el camino se le han muerto varios amigos. Usuarios de centros de acogida con los que llegó a trabar una relación estrecha. Tenían su móvil, le llamaban a cualquier hora. Conoce mil casos, de todo tipo. Le impactó el de un catedrático que acabó en una acera. «Hay que entender el vínculo que se crea. Les pones una mano en el hombro y se enganchan a ti. Te sientes responsable. Te conviertes en todo para ellos porque ellos no tienen nada.»

Magu me dibuja el círculo dentado de los sintecho, el vertiginoso itinerario del infierno. No es un drama original: alcohol, drogas, juego, engaño familiar, maltrato, deudas, paro, abandono y calle. También afirma que en el Casi muere un usuario a la semana. La dirección del centro rebaja mucho esa tasa de mortalidad hecha a ojo de voluntario: no llega a dos al mes. El dato me sigue impresionando. Luego miro a mi alrededor, a las mudas cabezas vencidas contra las ventanas del bus que ya arranca, y me parecen pocos.

Viajamos con la mascarilla puesta por orden de las autoridades sanitarias del Casi. La autoridad aquí y ahora es Natalia, la auxiliar en funciones de monitora, que toma el micro para anunciar el programa del día. «Vamos a ver la catedral, con guía y todo, y vamos a comer en un restaurante como los señores.» De los asientos brotan aplausos tímidos. La jornada parece prometedora, una variante de color en la monótona sucesión de los días sin casa. Y sin embargo la inmensa mayoría no se ha querido apuntar. Han preferido quedarse bebiendo.

Rocío tose detrás de mí. Me mira con curiosidad. Tiene el rostro gomoso y agrietado pero no es una mujer vulgar: corona su lacia melena blanca un genuino gorro cosaco. El sol asténico de octubre va coloreando la mañana mientras el autobús enfila los Altos de Extremadura. La meta volante es el centro de Puerta Abierta, en Cuatro Vientos, donde paramos a recoger a la otra mitad del pasaje. Se suben quince y enseguida se advierte la diferencia. Son más jóvenes, con lo que eso conlleva. Un aire montaraz invade de pronto el autobús, una inopinada señal de peligro como la que emitiría un dóberman abandonado. Al Puerta Abierta van los más problemáticos. Es un centro aún más feo que el Casi, una nave pintada de añil y gris ubicada en las afueras de la ciudad por buenas razones que a sus usuarios no les parecen tan buenas. Ellos preferirían vivir en el centro urbano, naturalmente. En eso también son iguales a cualquiera.

Tres filas por delante de mí se sienta una pareja joven. Él es árabe, sudadera de capucha calada, fino como un alambre. Tiene unos ojos verdes peligrosamente hipnóticos. No es un verde común sino uno muy claro, casi traslúcido, parecen ojos tallados en algún mineral extraído de una mina vigilada por niños soldado. Ella es eslava, mirada azul, más fornida que él. Después de protagonizar una discusión y de llegar a pedir a una voluntaria que los separe, ella pinza la nariz de su chico con los dedos y le sonríe. Él se llama Bilal, y hasta su retadora manera de caminar por el pasillo del autobús anuncia que viene dispuesto a crear problemas. En el transcurso de la hora que tomará el viaje hasta Ávila se levantará tres veces para ir al baño, soltando los codos por el pasillo. Sor Ángela y sor Vicenta no le quitan ojo, y hay pocas señales tan inquietantes como la preocupación de una monja.

Raúl se sienta detrás. Va peinado a la moda, con el parietal rasurado y una cadena de oro (o lo que sea) colgada del cuello. Su cuerpo esquemático no llena el chándal. Tararea la canción de Sabina que sale por la radio: «Ahora es demasiado tarde, princesa». Pero se cansa pronto y se dirige a una de las hermanas para preguntarle cuánto queda. Conquista definitivamente su atención cuando añade el argumento de peso: «Es que tengo ansiedad. Necesito moverme...». Entonces sor Ángela se pone a darle palique y él le cuenta que es de Guadarrama, donde estaba la empresa de su abuelo, aunque su madre trabajaba en Cercedilla, y que se conoce Ávila al dedillo porque escapaba hasta allí en una moto que tenía. Se expresa con claridad, pero Magu calcula que el ochenta por ciento de lo que cuentan las personas sin hogar es mentira. No engañan por maldad sino por hábito de supervivencia.

Según nos acercamos a la vieja ciudad castellana el viento azota más intensamente el autobús, que aminora la velocidad. Dicen que el viento ejerce una influencia en la salud mental de la gente, pero en este autobús cargado de mentes severamente dañadas reina el sosiego. A pesar de Bilal, puede decirse que ha sido un trayecto plácido.

«¡Qué bonitas son las murallas!», exclama Raúl mientras procede a contar que su abuelo pastoreaba cabras no lejos de aquí. En cuanto bajan del autocar se encienden casi todos un cigarro. «De algo hay que morir», suelta uno con sorna. Aparece la guía turística. Se presenta y explica el recorrido junto a una tienda de suvenires por la que ya merodea Bilal. Consumidos los cigarrillos, la primera medida es ir al baño. Hombres por un lado, mujeres por el otro y el personal de la oenegé controlando. Cuando se logra reunificar al grupo, maniobra que lleva su tiempo, echamos todos a andar detrás de la guía, que se llama Mercedes. Componemos una tropa singular, una procesión solanesca que escapa a la categoría del turista al uso: claramente no lo somos a tenor de las miradas que nos lanzan los locales. Cada cual sella hasta el cuello la cremallera del anorak —el que lo tiene— mientras Raúl explica que esto no es frío, que él sabe lo que son diecisiete bajo cero en Ávila de cuando trabajaba aquí poniendo ventanas de PVC.

Mercedes va desgranando su explicación. Aquello son las almenas, esto una espadaña, por encima discurre el adarve, vamos a detenernos un momento en la puerta de San Vicente. Y los que lo tienen sacan su móvil para tirar una foto, como hace cualquiera que visita Ávila. Entonces se me acerca Ana Patricia, que no tiene frío a pesar de su minifalda negra y sus calcetines bordados con llamas amarillas, y me enseña su tatuaje de las FARC. «Te van a decir que tengo mala hostia, pero yo soy un amor.»

Ana Patricia es colombiana y por tanto novelista del realismo mágico. Pero no hace falta creerse ni la mitad de lo que dice para saber que ha tenido una vida interesante. Cuenta que viene de pasar tres años en la cárcel de Brieva por una pelea. Que antes de eso estuvo secuestrada durante catorce años por una red de trata en España. Que logró evitar que la mataran las mafias de los proxenetas delinquiendo para acogerse a sagrado en la cárcel. Que estuvo dos meses en coma por culpa de la vacuna contra el covid. Y que «está previsto» robarle el móvil a la guía durante la excursión, por lo que su deber es advertir a Mercedes. Así que se adelanta y lo hace. Y Mercedes, con la boca abierta, procede a sacarse el móvil del bolsillo trasero del pantalón y decide llevarlo en la mano el resto de la mañana. «Soy un águila», se ufana Ana Patricia. No será su única buena acción del día.

Aprieto el paso para igualarme a Raúl, que va en cabeza, y le pregunto cuánto tiempo lleva viviendo en el Casi. Dice que dos meses, que antes pasó por el Juan Luis Vives y por el Puerta Abierta. Que él ya no consume pero que le pasaron un cigarro con cocaína sin advertirle. Que había dejado el alcohol pero en un cumpleaños debió de tomar algo raro y justo le hicieron la prueba. Que perdió la pensión y ahora está peleándose con la administración por cobrar el ingreso mínimo, pero que le atracaron, le partieron una botella en la cabeza y ahora no sabe cómo presentar los papeles. Magu, que ha escuchado nuestra conversación, me lleva aparte: «Ojo que a veces todo es verdad. Durante años yo me trataba con uno que afirmaba haber sido un asesino del GAL. Me pedía que le presentara periodistas para que lo entrevistaran. Quería contarlo. Yo no le creí, le daba largas y cambiaba de tema. Acabé enterándome de que su historia era cierta cuando ya había desaparecido». Lo cierto es que Raúl tiene una herida reciente en la ceja. Y también que el filo de sus pómulos solo puede ser obra de la heroína.

A pesar de los esfuerzos pedagógicos de Mercedes, empeñada en que todos alcemos la vista para admirar los pináculos de la catedral, buena parte del grupo prefiere caminar mirando al suelo. Escrutándolo, de hecho. De la catedral no les va a caer nada, si acaso una bendición, pero las aceras están plagadas de prometedoras colillas. Cada tanto alguien se agacha, se mete en el bolsillo una chusta demediada y continúa caminando con la cerviz torcida y ánimo prospectivo.

Entonces llega corriendo Ana Patricia y actualiza el boletín informativo: se ha producido un robo. Y el culpable está entre nosotros. Al parecer Bilal ha aprovechado el descuido de un caballero que había dejado su mochila en un banco mientras se paraba a leer el móvil. Bilal se ha acercado, ha abierto la mochila con maña profesional y ha sustraído una funda de gafas a falta de mejor botín.

En el grupo estalla el escándalo: «¡Por culpa de este ahora pagaremos justos por pecadores! ¡Se supone que hemos venido a pasarlo bien!». Raúl, que tiene calle de sobra para atar todos los cabos en décimas de segundo, me susurra con tono serio: «Esto lo pagará Ana Patricia. Ahora irán a por ella. Por chivata». La justiciera colombiana aporta nuevos detalles del suceso: Bilal no solo robó el estuche sino que se sacó el miembro y se lo mostró al dueño de la mochila antes de ponerse a orinar. La víctima ha llamado a la policía, que no ha tardado en presentarse y llevarse a Bilal a comisaría. El pobre Magu, que no deja de ser el responsable logístico de la excursión, acompaña a los agentes y trata de abogar por el chico de los ojos verdes.

La comitiva continúa su paseo por el casco viejo sin dejar de comentar lo sucedido. La conversación se interrumpe cuando pasamos frente al surtido escaparate de una pastelería. Grandes exclamaciones. Los estómagos protestan. El grupo amenaza con partirse y Ana Patricia aprovecha para meterse en una oficina de lotería. Sale con un par de boletos. «Es que yo tengo mucha suerte», se justifica. «Una vez me tocaron quince mil euros.» También le preocupa la suerte de los demás, así que se ha hecho voluntaria de San Antón, la parroquia del padre Ángel donde acude a repartir desayunos todos los días, afirma orgullosa. Vive en el Casi, pero no aceptaría la mera condición de usuaria. Ella quiere asumir responsabilidades. Se considera dotada para el mando.

Cuando llegamos a la puerta de la catedral hemos perdido a la mitad. Entre el incidente del robo y los que opinan que de cultura no se come, nuestra guía no sabe cómo recuperar el control. Toca esperar a que regrese Magu de comisaría para ejecutar con garantía de éxito la reagrupación. Lentamente van llegando algunos rezagados (en lenguaje técnico: personas con movilidad reducida). Son Antonio y Fernando.

Antonio es clavado a Hemingway o a Sabino Arana y fue jefe de seguridad. Pasó dos años en la calle. Una herida fea en la pierna derivó en una septicemia encarnizada y terminó dando con sus huesos en el hospital. Durante mucho tiempo tuvo que dormir en una silla. Cuando se curó —asumiendo la condena de unas muletas vitalicias— le preguntaron dónde vivía. Respondió que ya no tenía casa. Lo llevaron al Casi, donde ha ascendido a cascarrabias institucional. Se queja de todo y sin parar pero siempre en el mismo tono, en el límite preciso de una cólera que amenaza con desbordarse en violencia y nunca lo hace. La comida es una mierda, el trato es vejatorio, los extranjeros siempre se apoderan del mando de la tele.

Fernando tiene hechuras de tertuliano deportivo. Va en silla de ruedas pero se le oye rezongar a considerable distancia. Lamenta que nadie le habla porque nadie quiere saber la verdad, aunque pronto se calmará y se pondrá a tirar fotos a las vidrieras góticas mientras Natalia —la monitora perfecta, siempre sonriente— o un solícito compañero empuja su silla. Es verdad que el pavimento del casco histórico no es el idóneo para Fernando, que se sobresalta a cada bache y grita: «¡Si lo sé no vengo!». Luego vuelve a calmarse.

Al fin regresa Magu de comisaría. «Bilal se ha hecho el muerto.» Un recurso de pícaro: fingir un desvanecimiento para intentar zafarse de la declaración. Ha venido la ambulancia y todo. Pero nadie mejor que él sabe que se le va a caer el pelo. Eso es exactamente lo que espera Ana Patricia. Y es probable que lo expulsen del centro —una temporada al menos— porque ya tiene antecedentes. En todo caso la excursión puede continuar. Y Mercedes se aplica a definir lo que es una girola y describe el programa iconográfico del retablo mayor. Muchos sacan el móvil. Uno murmura: «Parece la casa del terror». Y tiene gracia que lo diga alguien que, como todos aquí, ha conocido el terror de verdad.

Del museo de la sacristía triunfan las casullas de oro y seda del XVIII más que los copones y las custodias. La facción eslava, quizá de credo ortodoxo, se queda embobada calibrando la riqueza de las vestiduras eclesiásticas, acaso comparándolas con las de sus popes. La última estación cultural antes del ansiado almuerzo es el claustro, con la tumba de Adolfo Suárez en una esquina y su memorable epitafio: «La concordia fue posible». Mercedes explica quién fue Suárez y el grupo, arracimado en torno al sepulcro, escucha respetuosamente, profesando al muerto un tributo de silencio. Como si no tener casa fuera compatible con sentirse, ellos también, hijos de su obra política.

Vamos a comer en el Palacio de Valderrábanos, que es un hotel de cuatro estrellas. Un temperamento marxista no dejaría de contemplar con satisfacción el ingreso de esta antología de parias de la tierra en los aposentos de un aristócrata del siglo XIV, así sea por una tarde. Pero entre los excursionistas la curiosidad por el menú parece más acuciante que perderse en conjeturas sobre la noción de justicia histórica. La ensalada y los entremeses no son gran cosa, pero siguen siendo superiores al rancho cotidiano en el comedor del Casi.

Se presenta Gustavo, presidente de Nadiesolo, que corre con los gastos de la comida. La oenegé fue fundada hace treinta años por el general Sáenz de Tejada con el propósito de acompañar a los enfermos en los hospitales. «La pandemia ha provocado cierta deserción en nuestras filas de voluntarios. Las medidas de higiene obligaron a interrumpir rutinas muy asentadas y ahora cuesta recuperarlas», lamenta Gustavo.

A mitad del almuerzo se levanta uno de los comensales, de fe islámica, para cumplir en la calle con el rito de la oración. Una de las hermanas lo acompaña fuera. Se produce así una escena de lo más ecuménica: una monja y un musulmán rezando juntos en la cuna de santa Teresa, que como es sabido se escapó de casa a los siete años para ser descabezada por los moros de Granada.

En la mesa converso con Magu, algo más relajado después del episodio policial. Su relato fluye entre lo anecdótico y lo preocupante. «Tenemos unos dos mil voluntarios, pero al programa de personas sin hogar no quiere ir nadie. Me vuelven llorando. En diez años hemos pasado de un setenta por ciento de españoles y un treinta de extranjeros a casi lo contrario, y los de fuera vienen con un cuadro clínico más desolador. Date cuenta de que el Casi es ya un psiquiátrico antes que otra cosa. La calle te destroza. Recuerdo el caso de Kim, un asiático al que le dieron tal paliza nada más llegar a Madrid que perdió el habla. Él en el mapa señala la zona de Corea, pero no sabemos si es realmente de allí. Camina con una muleta y se le está gestionando la documentación, pero su caso es difícil. Hace quince años que un voluntario de Nadiesolo lo visita semanalmente y no hemos conseguido que abra la boca. Recuerdo también el caso de Mónica, que estaba en el Puerta Abierta y había elaborado allí una tabla tarifada de favores sexuales para otros internos: un cigarro, un beso; dos cigarros, tocamiento. Y así hasta el servicio completo, que costaba una cajetilla entera.

»Esta gente son auténticos supervivientes. Fíjate en Raúl. Tiene apenas cuarenta años y aparenta setenta. El *caballo* lo está consumiendo. Muchos se suicidan, se tiran por una ventana. No quieren seguir viviendo. Ahí es importante la figura del capo, un usuario con ascendiente sobre el resto que hace de informante. Se entera antes que los trabajadores de los casos críticos para pasar el aviso o para poner cierta paz. En el Casi ese papel lo hizo Damián durante un tiempo: ejercía un liderazgo natural. Ahora no hay nadie.» A mí se me viene a la mente la candidatura de Ana Patricia, que me lanza sonrisas desde la mesa de al lado. Como si estuviera oyendo nuestra conversación.

Concluida la comida el humor general mejora sensiblemente. Se escuchan risas. Nos ponemos en marcha de nuevo porque nos aguarda la última atracción de la jornada: el tren turístico. De camino me pego a Isabel. Su historia me atrapa enseguida. Abogada, licenciada en Derecho por la Universidad de La Laguna, culta, casi sofisticada. Articula las ideas mejor que muchos políticos. Pero no tiene dientes. Reconoce con humildad su adicción. Carga con un fardo voluminoso del que nunca se separa, mucho menos para dejarlo en el centro. Afirma que contiene documentos personales y que ha empeñado las joyas de su madre en el Monte de Piedad por valor de quince mil euros. Confía en poder mudarse a Canarias. Después enmudece.

Mientras trato de asimilar lo que Isabel me ha contado se me acerca Ana Patricia con ademán de confidencia. Se pone de puntillas y me espeta al oído: «Tiene alzhéimer, la pobre». Quizá ha sentido celos de la atención que le prestaba o bien me ha juzgado demasiado impresionable. Y si es esto segundo, acierta por completo. Lo que no sabe mi confidente colombiana es que a través del personal del Casi también conozco su diagnóstico de esquizofrenia. Si no hubiera tomado hoy la medicación, me aseguran, Ana Patricia habría pegado fuego a Ávila.

La afección que decide revelarme es otra: hipoglucemia. Ella misma se pone la insulina. Aprovecho para inquirir por ese tatuaje de las FARC que me enseñó por la mañana. «Cuando mi hija cumplió un añito tuve que fugarme de Colombia, huyendo de las FARC. No he vuelto a ver a mi hijita. Yo he pasado muchas penas, señor.» Y entonces me cuenta la mejor historia del día. Me cuenta que coincidió en la cárcel de Brieva con Luis Roldán, el que fuera director general de la Guardia Civil, condenado por corrupción. Que Roldán, sirviéndose de los privilegiados contactos que aún mantenía en Interior, pedía que le enviaran putas a su celda. Que las sacaban del módulo femenino, donde ella estaba presa por entonces. Y que pese a las insistencias, que no le extrañaban porque era «un bombón», siempre se negó. Por la sencilla razón de que Ana Patricia no se acuesta con sinvergüenzas.

Subido al trenecito turístico con el resto del grupo me siento un poco ridículo, pero no más que el resto de la expedición. A algunos les asoma un brillo divertido en los ojos. Para hacer la digestión, en cualquier caso, mejor un vagón de madera que un banco de piedra. La máquina echa a andar y la audioguía va relatando la vida y milagros de la santa de Ávila, los afanes inquisitoriales de Torquemada, el número y estilo de los conventos abulenses. Cuando se nos informa del minucioso descuartizamiento de la santa, cuyo cadáver sirvió para proveer de cotizadas reliquias a media cristiandad, las voluntarias se horrorizan, las monjas tragan saliva y los sintecho ni se inmutan. Nos dejamos ir y disfrutamos del traqueteo. Tanto que al cumplir con la parada consabida en el monumento de los Cuatro Postes no se baja ni la mitad. Cunde el cansancio, el primer relente vespertino hace su aparición, quizá el síndrome de abstinencia comienza a roer la resistencia de unos cuantos. Llevamos ocho horas sin ver una gota de alcohol —en la comida se sirvió agua a todo el mundo, también al equipo logístico— y uno de los rumanos decide que ha sido suficiente penitencia. A las cinco de la tarde de cualquier día normal suele ir borracho medio Casi. Así que en cuanto bajamos del trenecito nuestro amigo de los Cárpatos (su parecido con Béla Lugosi es asombroso) se mete en la primera tienda de alimentación y sale con su lata de cerveza. Su ejemplo se extiende al instante entre todos los que han traído dinero, que no son tantos.

Magu anda inquieto. Le pesa la responsabilidad de devolver el pasaje sano y salvo a su lugar de origen. El elevador del bus se ha roto y hay que subir a pulso a Fernando, que no dejará de gemir durante todo el proceso. Uno de los que echan una mano para izarlo, precisamente, es nuestro Drácula sediento de cerveza. Porque un centro de acogida de indigentes no deja de ser un corte antropológico, una fiel reproducción a escala de la especie humana donde bulle la alternativa de lo mejor y de lo peor, solo que con una intensidad multiplicada. Igual que se ve a alguien privándose de lo que no tiene para ayudar a quien tiene menos todavía, se ve también a quien teniendo más que el vecino le quita lo poco que tiene. Se registran heroicidades cotidianas. Y se han dado apuñalamientos con cuchillos robados del comedor. Se lleva el altruismo a cotas de hagiografía. Y se roba todo, empezando por los medicamentos de un compañero enfermo para traficar con ellos, cortándolos con otras sustancias.

Respira tranquilo Magu cuando el último de los usuarios ha subido al autobús y las cuentas salen. Me fijo en él mientras va dando indicaciones al conductor, que pone ya rumbo a Madrid. Magu es lo que se dice un hombre de éxito, y lo es por sus propios méritos. Juega al golf. Vive en un barrio caro. Se declara católico, aunque fomenta el espíritu crítico hacia los sepulcros blanqueados con los que se ha ido topando en estos años de labor social. Sostiene que demasiado a menudo la filantropía o la caridad no están claramente separadas del ánimo de lucro, cuando no del negocio descarnado.

Magu fue *trader* al estilo lobo de Wall Street durante aquellos años espumosos que oyeron aullar a manadas enteras. Su entorno laboral flotaba en la tríada olímpica de los ochenta: farlopa, pasta, sexo. Por entonces una indigente llamada Ana dormía entre cartones en el banco de una plaza que Magu debía atravesar a diario. Él asegura que en aquellos años nunca la vio. Pero tiempo después, tras su caída del caballo, se conocieron en el centro que había acogido a Ana. Mejor dicho: Magu la conoció mientras que Ana lo reconoció. Porque ella sí lo veía, pero él a ella no. Así que Ana un día lo llevó al banco donde él afirmaba no haberla visto: estaba al lado de su casa. «Por eso esta lucha es por la visibilidad. Porque son invisibles», concluye.

El caso de Magu me suscita algunas reflexiones. Las instituciones se inventaron para no depender de la variable calidad moral de las personas, mucho menos de su fe religiosa; pero lo cierto es que ninguna institución aguanta mucho sin encarnarse en personas decentes. Por eso resulta aventurado, en aras de la laicidad, ponerse a trazar sutiles distinciones entre caridad y asistencialismo, proscribiendo la primera y entronizando el segundo, como si ambos no persiguieran el mismo bien y como si las fuentes del bien privado como las del bien público no se remontasen a un mismo corazón.

La fundación del Casi es el mejor ejemplo de esta sana promiscuidad moral. Lo construye el ayuntamiento de Madrid, que ha retenido la titularidad desde el principio, pero encomienda la gestión durante décadas a las Hijas de la Caridad, en colaboración con los encargados municipales. Estos fueron ganando terreno a medida que el asistencialismo se profesionalizaba y la dependencia de la Iglesia fue reduciéndose de manera natural, como una evolución aceptada por todas las partes. Hoy en el Casi quedan cinco monjas consagradas por un centenar de funcionarios contratados, sin contar las áreas externalizadas de limpieza, vigilancia y educación. Pero se supone que todos comparten una vocación de servicio que va más allá del estricto cumplimiento de un contrato y de la recepción mensual de una nómina. Malo será el día en que esa vocación sea abolida en nombre del progreso.

De pronto reparo en que justo delante de mí, en el autobús, va sentado Bilal con su búlgara de ojos azules. Los Bonnie y Clyde de Ávila. El chico parece completamente restablecido de su súbito desvanecimiento en comisaría y charla animadamente con su pareja. De hecho a nadie más —Ana Patricia aparte— le quedan ganas o fuerzas para hablar. Quizá Bilal habla porque aún es joven. Para el resto, el exiguo cupo de verbosidad está más que agotado por hoy. Varios no han dicho una palabra en todo el viaje. Y eso que en este grupo viajan los más animosos, los mejor dispuestos y los más sanos. Una abrumadora mayoría jamás se apunta a las excursiones porque no se ve capaz de subir a un autobús. O porque ese esfuerzo no compensa la renuncia a la dulce alienación diaria de la litrona.

Nadie que recuerde que no tiene casa, nadie que no pueda olvidar sus años de calle vuelve a hablar tanto como hablaba antes. Un mutismo traumático lo acompañará siempre. No porque haya perdido la capacidad de articular sus pensamientos sino porque la vida lo ha instalado en un tipo innombrable de derrota. Cayeron de tal altura que el golpe les convenció de que habían perdido el derecho a ser escuchados. Uno solo habla si está seguro de que lo que dice importa a alguien. Si con una frase aún cree poder producir un efecto. Así que ellos prefieren callar. O bien hablan solos, sin esperanza ni cordura, para comunicarse a sí mismos los silenciosos estragos de la pena.

Hoy se celebra su día

Se publica un estudio del Instituto Nacional de Estadística que pone cifras actualizadas al fenómeno del sinhogarismo en España. Un total de 28.552 personas sin hogar fueron atendidas en centros asistenciales de la red pública en 2022. El número real de indigentes es mayor, claro: no todos los que lo son figuran en la red. El porcentaje de los atendidos ha aumentado veinticinco puntos en la última década. Entre las causas para explicar su desgracia casi el treinta por ciento de los encuestados alega que venía de otro país, y otro tanto que se vio en la calle tras haberse quedado en paro; el dieciséis por ciento culpa al desahucio por impago y un catorce a su divorcio. Más del diez por ciento de la gente en situación de calle en España tiene estudios universitarios. El sesenta y cinco por ciento completó la secundaria.

Pero hoy es un día de festiva reivindicación para el colectivo, por usar el lenguaje de las efemérides de la ONU. Uno se pregunta si resulta presentable diluir en un colectivo a quienes mejor encarnan el adagio de Tolstói: cada cual sufre la privación total a su manera. Pero en fin, es 28 de octubre y se ¿celebra? el Día de las Personas

Sin Hogar. Con este motivo se ha convocado una marcha que ha bajado por Gran Vía hasta ocupar la plaza de España de Madrid, no lejos del Casi. Ocupar es mucho decir, esta no es una causa masiva, nunca llueven los flashes cuando se trata de indigentes. Así que proliferan las pancartas para estirar todo lo posible la visibilidad de la causa y suenan los tambores de la batucada municipal, aun a riesgo de aturdir a los protagonistas. Bastante hacen participando en el acto como para encima llevar el ritmo.

Cuento unos trescientos asistentes entre personas sin hogar y sus ángeles de la guarda (religiosos o profanos). Los segundos dan palmas para animar a los primeros, para convencerles de que todo este jaleo va por ellos. Corean: «¡Nadie sin hogar!». Los hay de toda edad, color y nacionalidad, pero todos se parecen. Una mujer que se ha confeccionado su propio cartel de denuncia se queja en él de que su ingreso mínimo ascienda a sesenta y dos euros. Dos grandes pancartas de Cáritas diocesana reclaman solidaridad. Es interesante leer los mensajes escritos en cartulinas adheridas a grandes cubos de cartón, seguramente diseñados en los talleres de los centros durante los últimos días. «Hazme visible.» «En mi hambre y en mi cuerpo mando yo.» «Buscar refugio no es un crimen.» «El cerebro no nos deja sin hogar, es el Gobierno.» Y el que más me gusta de todos: «Estoy tan cerca que no me ves».

Se ha dispuesto un atril con un micrófono y van turnándose en él los elegidos para decir unas palabras que llevan escritas en un papel. Cuentan su situación sin entrar en detalles, reivindican una mejora más bien abstracta. A varios les cuesta leer, lo hacen rápido, aligeran el trámite. Es evidente que no han interiorizado el derecho a que su voz sea escuchada en la plaza de España. La mayoría improvisa a duras penas un murmullo ininteligible que comunica más por el esfuerzo que por el resultado. Hasta que una locutora salida de esta grey doliente enuncia con voz firme una verdad que resuena como una acusación: «Que no tengamos casa no significa que no tengamos derechos». De todos modos ninguna intervención resultará tan expresiva como el minuto de silencio que se ha guardado por los que mueren en la calle. Y ese minuto litúrgico en la plaza, delante de víctimas potenciales, cobra todo el sentido estremecedor que pierde en los estadios de fútbol.

Alzo la vista a la azotea del lujoso hotel que una cadena china acaba de abrir en la plaza de España y se me ocurre una pregunta demagógica: ¿Habrá algún millonario atisbando desde las alturas esta concentración de parias? El contraste es demasiado abismal como para tomarse en serio esta clase de juegos populistas: el país que lo hace acaba generando más indigentes. Lo que hace falta es que los impuestos dejados por la pujanza turística de Madrid sigan engrasando la maquinaria de la asistencia municipal.

Se me acerca la asesora de Pepe, el concejal de asuntos sociales, y me confirma que soy el único periodista presente en la marcha por el Día de las Personas Sin Hogar en la capital del país. Y ni siquiera voy a publicar pieza alguna en mi periódico. Se ha dado una vuelta buscando medios y nada. «Es que hoy se presentan los presupuestos», explica.

Un cantautor se acerca al atril. Adivino sus intenciones porque llega acompañado por un guitarrista. La amenaza se consuma y se pone a cantar un estribillo que quiere cuestionar un proverbio: «¿Quién dice que la cara es el espejo del alma?». Estos derroches de almíbar presuntamente filosófico me estomagan, no lo puedo remediar. Y además suelen ser más falsos que el proverbio en cuestión, como es el caso. Por supuesto que las caras devastadas de estos hombres y mujeres reflejan a la perfección el estado de su alma. Ese es precisamente el problema.

Diviso a Fernando, en su silla de ruedas. Contempla la actuación musical con semblante de madera, y por encima de sus canas se forma un bocadillo de cómic que dice: «Malo será que hoy en Casi no se estiren con el menú». Hablo con Pepe, que aquí y ahora es la máxima autoridad municipal. «Hace veinte años este acto se hacía en un colegio, cerca de Atocha. Poco a poco el colectivo ha ido perdiendo el miedo a dejarse ver. Lo malo es que ahora la solidaridad, y me refiero a los voluntarios, se ejerce cada vez más de forma puntual. Hay un arranque emocional, nacido de una campaña o de una noticia, pero luego cuesta mantener el impulso.» Pienso que el diagnóstico de Pepe vale lo mismo para la solidaridad que para la política, la dietética o el amor. Pienso también que quizá el ser humano nunca ha sido otra cosa que una sucesión de arranques emocionales. Que nunca ha existido en la especie algo así como la determinación moral de cumplir un programa sostenido de vida consciente, con la salvedad de ciertos especímenes extravagantes a los que luego se les levantan estatuas en los parques o en las hornacinas de las parroquias.

Me voy derecho a Maribel para interesarme por el desenlace del caso Bilal, el árabe de ojos glaucos que fue denunciado por robo en Ávila. El chaval se disculpó, la dirección se ablandó y el castigo se redujo a tres días de sanción. De modo que ahí sigue. Con su novia búlgara. El trabajo de la directora del Casi no debe de ser fácil, siempre oscilando entre la disciplina y la comprensión, entre la disuasión y el incentivo.

El acto se cierra con la lectura de un manifiesto. «Una sola persona durmiendo en la calle es un fracaso de toda la sociedad.» La frase es exacta, porque toda sociedad humana es etimológicamente incompatible con la exclusión. Y al mismo tiempo es una frase tramposa, porque como nos enseñan precisamente las vidas de las personas que acaban tiradas en la calle los fracasos nunca son abstractos ni generales. Son siempre individuales. Colectivizarlos es la mejor manera de diluir la responsabilidad, que pertenece siempre a unas decisiones concretas de unas personas concretas.

Una ronda con el equipo de calle

He quedado con Óscar en la estación de Príncipe Pío. Óscar integra un equipo de calle de la ciudad de Madrid. Patrulla de lunes a viernes el barrio de la Casa de Campo, desde la cuesta de San Vicente hasta el puente de los Franceses pasando por el intercambiador de Moncloa. Este es un punto neurálgico, el nudo de transportes más importante de la zona oeste. El trabajo de los equipos de calle, dependientes del Samur, consiste en facilitar lo que llaman el *enganche*. Es decir, en entablar un vínculo con los indigentes que encuentran tirados por ahí. Ese vínculo va del primer saludo hasta la incorporación a la red de asistencia. Digamos que Óscar es el sensor a través del cual el sistema localiza a seres humanos que ni siquiera sospechan su derecho a recibir ayuda. La administración no es un monstruo sin cara. En este distrito adopta los rasgos exactos de Óscar, su barba rala, sus dioptrías, su obligada delgadez andariega. Y su uniforme azul del Samur Social, naturalmente.

«Voy saludando a los conocidos, les pregunto si necesitan algo, un documento, una cita para obtener la tarjeta sanitaria, pagar algún trámite. Y cuando me encuentro a alguien nuevo, le explico cómo funcionan nuestros centros y qué es la Puerta Única de Entrada.

»Hay días mejores que otros. Hace unos meses falleció un hombre en un banco de Príncipe Pío. Al lado había una papelera llena de botellas vacías. Yo siempre lo digo: la peor droga es el alcohol. Los mata poco a poco. El frío también es un asesino. Ahora llevamos una mala racha. Han muerto tres en los últimos cuatro o cinco meses», relata Óscar mientras echamos a andar por la explanada de la estación, que siempre está llena de candidatos a la guadaña. En uno de los bancos me encuentro a Raúl, a quien conocí en la excursión a Ávila. Está con otros tres compañeros igualmente desastrados, dándole a la priva de buena mañana. El suelo a su alrededor está regado de colillas y de flemas. Algunos pertenecen al Casi y otros a La Rosa, que es más flexible con los horarios que el Casi y por eso es el preferido de los grandes bebedores. «Ni para comer van», nos asegura Raúl. Comunica asimismo que este invierno no se piensa vacunar. Ni contra la gripe ni contra el covid. Debe de creer que la heroína lo protege más eficazmente de las infecciones.

Todos conocen a Óscar y lo saludan por su nombre. Nuestro hombre lleva veinte años en el Samur Social. Desde 2001, cuando se decidió por los sintecho. Antes de ocuparse de esta zona pasó por otros distritos: Centro, Retiro, Salamanca... Se sabe mil historias. Recuerda a una mujer que se volvió loca al ver a su marido metido en la cama con su hermana. Tan loca que acabó en la calle. Dice Óscar que la mayoría no sabe mentir si se habla con ellos en confianza. Se acuerda de un hombre que decía estar pendiente de una indemnización por jubilación de doscientos mil euros. Perdió el trabajo por culpa del alcohol antes de poder cobrarla, pero seguía pensando en ella cuando ya estaba en la calle. Lo contaba a todas horas y todo era verdad.

«En la calle no se duerme. O se duerme con un ojo abierto, como los perros. Están en alerta constante por miedo a las agresiones. Algunos logran salir, pero tienen que querer. Hay grados de deterioro. Yo saqué a un ecuatoriano y a un marroquí y ahora los dos están trabajando. Los conocí en junio y en septiembre tenían curro. Estos casos te animan mucho. Luego hay otros que te vienen con que ellos no valen para convivir, que prefieren la calle al albergue. Ahora estoy preocupado por un par de chicas o tres que viven en el parque de la Bombilla. Rebeca y otras dos. Son prioridad. Muy vulnerables.»

Sin salir de la explanada de la estación conozco a Joaquín, que fue cabo de la Legión. Se declara lector fanático de Arturo Pérez-Reverte. Le encantan las aventuras de Alatriste. «¡A ver si te forras como él!», me desea.

Óscar concede que este no es un trabajo normal. «Esto te tiene que gustar. Básicamente va de hablar con la gente. A veces me los llevo a algún sitio, les invito a un café para crear una atmósfera de confianza y que se suelten. Pero te encuentras de todo. Es la ley de la selva. Se roban entre sí. El que no cobra la ayuda le roba al que sí la cobra. Las palizas están a la orden del día. Si no aceptan nuestra intervención nos vamos. Aquí nadie obliga a nadie. Son libres de decidir.»

Caminamos en dirección al río por el paseo de la Florida hasta alcanzar la ermita de San Antonio. Aquí yacen los restos —descabezados— de Francisco de Goya, bajo los frescos que pintó por encargo de Carlos IV. Y aunque le encomendaron la exaltación del milagro de un santo, la mente del genio no supo impedir que aflorase algún monstruo a la escena principal, prefigurando la etapa de las pinturas negras. Estoy bastante seguro de que Goya habría plantado un caballete a la puerta del Casi.

Le pregunto a Óscar si además de impotencia ha sentido miedo alguna vez. Por su experiencia, dice, el uniforme azul es respetado. Nunca le han agredido. Lo que le preocupa es otra cosa: la falta de coordinación entre los equipos. Dice que a veces se les ha perdido alguno de los que tenían fichados. Cuando llegamos al puente de la Reina —uno de los más bonitos del Manzanares, de estilo modernista— confiesa que debajo de este puente encontró muerta a una chica. Baja la cabeza y comenta: «Es complicado. Son como suicidios a cámara lenta». Lo ideal, explica, es que los equipos de calle sean mixtos, porque hay cosas que las mujeres solo cuentan a las mujeres.

Nos paramos un momento en la orilla. De algún sitio aparece Dramane y viene directo a saludar a Óscar. A mí me choca el puño. Dramane es un costamarfileño de treinta y siete años que juntando maderas se ha apañado una chabola bajo el arco de hormigón, al otro lado del río. El escuálido caudal del Manzanares y la anchura decorativa de este puente lo convierten en un terreno muy cotizado para los buscadores de techo. De este lado viven Said y Mohamed, que se han construido una chabola a la que no le falta ni placa solar ni un parterre de césped artificial, además de su mesa y su par de sillas. Mohamed vino en patera. «¿Estos? Son unos presumidos. Pero al menos cuidan su parcelita. A otros tengo que estar diciéndoles todo el rato que no meen en los cubos de basura.»

Según Óscar la población de personas sin hogar en este barrio se reduce. Al menos es lo que detecta en sus paseos diarios. Tenía fichado a un centenar y ahora solo se topa con unos cuarenta. Asegura que los vecinos se portan bien. «Muchos les bajan comida y ropa. Una señora se quedó con la perrita de uno que murió. Tenía varices esofágicas de la cantidad de alcohol que había ingerido. Esas llagas se abren con la bebida y entonces el enfermo sangra por la boca y por el ano. Fue Raúl, que estaba con él, quien me avisó por teléfono de que el hombre se había desplomado. Para eso les damos nuestros móviles. El enfermo había rechazado venir al Casi. Su perrita se llamaba *Sara.*»

Óscar está de luto porque la víspera de nuestra cita falleció el fundador del Samur Social, Darío Pérez. Una institución del asistencialismo madrileño, figura clave en la modernización de las políticas sociales del ayuntamiento. «Muchas personas sin hogar le conocían. Han llorado al enterarse. El sentimiento es recíproco porque a esta gente se le coge cariño. Yo habré conocido a unos cuatrocientos a lo largo de estos años. Los jefes nos dicen que guardemos ciertas distancias para no implicarnos demasiado. Pero qué quieres, somos humanos.

»Te voy a decir una cosa: en la pandemia no hicimos bien nuestro trabajo. No nos dejaron salir a la calle. Nos pedían que hiciéramos acompañamiento de sala. Pero en mi opinión les abandonamos. Estuvimos dos o tres meses sin salir. Y ellos ahí fuera.

»Tenemos que ir a un modelo de centros más numerosos, más pequeños y más manejables. Como La Rosa.

En el Casi son demasiados en régimen de pernocta y eso es difícil de gestionar. Pero confiamos en que los fondos europeos sirvan para reducir el número de usuarios por habitación.»

Cuando me despido de Óscar me insiste en que acuda a él para lo que necesite. Yo me quedo algo abrumado, le doy la mano y me marcho. De camino a mi casa pienso en las curiosas razones por las que el mundo no da noticia diaria de los hombres buenos.

En la sala de reducción del daño

La idea es combatir la alcoholemia con la medida justa de alcohol. Un procedimiento parecido al de la vacuna, que cura la infección inoculando el virus para estimular el sistema inmune, para despertarlo y obligarlo a pelear. La dipsomanía aguda de un indigente se nutre de vino tanto como del desorden a la hora de ingerirlo. Es un enfermo terminal de la voluntad: quiere beber porque ya no sabe querer nada. Se trata de inocularle una dosis subrepticia de autocontrol —que es lo mismo que la autoestima— al tiempo que se le alivia su sed insaciable. Si es capaz de beber únicamente una cantidad dada y a una hora dada, quizá un día sea capaz de no beber. O como mínimo beberá menos.

Esta delicada operación, más psíquica que etílica, se ejecuta en una salita que se abre al costado del patio interior del Casi. Pese a su título pomposo —aquí la nombran en mayúsculas: Sala de Reducción del Daño— no tiene nada de extraordinario: sillas, mesas, una pantalla de televisión y dos o tres auxiliares que custodian la despensa llave en mano, vigilan el proceso y dan conversación a los metódicos bebedores. Las tomas se administran cada hora: a las nueve y media, a las diez y media, a las once y media... Al que viene ebrio, nada de nada. Por ahí empieza la sutil tarea de reconstruir voluntades con fractura múltiple.

Cuando llego al centro me sale al paso Ana Patricia. «No os vayáis de paseo sin mí, ¿eh?» Descuida, mujer, que vamos a la sala de reducción del daño. Hasta ella me conduce Maribel, que saluda a Mónica por el pasillo. La reputación de Mónica es terrible, pero ella se apresura a tranquilizar a la directora en cuanto la ve: «Hoy estoy en muy buen plan. En serio».

En la salita encuentro a Cruz, auxiliar social, y a Curro, que es monitor. «Facilitar la bebida a los usuarios no parece muy lógico de primeras. Pero la experiencia demuestra que funciona. Hay que tener en cuenta que aquí muchos se levantan con temblores cada mañana. Por eso la primera toma es a las ocho y media. La última se da a las siete y media de la tarde. Luego cada cual tiene su ritmo y su necesidad: hay tomas sencillas y dobles. El equipo médico determina lo que bebe cada uno según su historial. Se les hace un seguimiento, con entrevistas periódicas. Sin olvidar que el objetivo no es evitar la ingesta sino la ingesta descontrolada. Que beban tanto que se caigan por la calle y les roben o les agredan o las dos cosas.

»Sí, se consigue que beban menos. Pero vamos, aquí no hacemos milagros. Y luego los hábitos cambian según las estaciones. El verano es más propicio a beber en la calle, y ahí no podemos controlarlos. La sala no lleva abierta ni un año: empezó este verano y no ha ido mal. Jugamos a juegos de mesa, fomentamos que hablen entre ellos, que no se peleen... Alguno logró salir hacia una unidad de desintoxicación y eso es un éxito. Comprobamos que este sitio les ayuda a reflexionar sobre su adicción. Ahora llega el invierno. Vamos a ver qué tal», explica Cruz.

Aún no es mediodía. Cuento a cinco bebedores en la sala de reducción. Beben cerveza de lata y vino blanco de cartón: los destilados están prohibidos. Me siento al lado de Ricardo y es así como accedo a un hombre talado pero no destruido. A un hombre consciente de su daño, con las pupilas veladas por un grueso vidrio de tristeza, pero un hombre que mira de frente y habla con serenidad. Nació en Perú, le gusta escribir, pasa dos horas diarias caminando por el parque, dice que buscando inspiración. Y es alcohólico.

«Viví dos años y medio en la plaza de Jacinto Benavente. Entonces me ofrecieron venir. Vivía rodeado de drogadictos. Una vez una moto me pasó por encima. Los clientes que salían borrachos de los bares de la plaza me rompían el refugio. Así que me decidí. Me costó, pero ya voy a cumplir ocho meses aquí. Los auxiliares tienen mucha vocación, el trato es muy bueno, aunque también aquí hay gente agresiva. Antes era muy lector, pero ahora me cuesta fijar la vista en las letras por culpa del alcohol.»

Ricardo sorbe un trago de vino blanco. Se queja de lo difícil que es cobrar el ingreso mínimo: solo le llegó una vez. Por fortuna el personal del Casi está ayudándole a tramitarlo de nuevo. Valora los servicios del centro: el ropero, el psicólogo, las enfermeras y también las monjitas, que se portan muy bien con él. Cuenta que ha estado en centros exclusivamente masculinos y que agradece que el Casi sea mixto porque le gusta interactuar con ambos sexos. Le pregunto si se ha hecho amigos aquí. «Conocidos, más bien. También nos dan la opción de enrollarnos. Yo estoy saliendo con Rocío. Tiene depresión. Yo le subo el ánimo. Había días que no bajaba a comer. ¿Sexo? No, pero sí nos besamos, nos tocamos... Hoy iré a hablar con cocina para que le guarden la comida, porque no bajará hasta las tres de la tarde. Ella me ha llevado a cenar dos veces. Yo no tengo un céntimo.

»Yo le digo que vamos a acabar encontrando trabajo los dos y compartiendo piso. Ella está haciendo un curso de teleoperadora. Aunque es universitaria, sacó su carrera. Es de Cádiz. Huyó de su familia porque la maltrataban los dos, su padre y su madre. No quiere que sepan que está aquí. Empezó a beber. Yo le digo que no tiene obligación de estar conmigo. Que es muy joven: tiene cuarenta y tres años, uno menos que yo. Veremos si cuaja. Ahora he vuelto a escribir. Le he dado a Curro ya tres artículos para *La escalera horizontal.*»

La escalera horizontal es la revista del Casi. La coordina Curro en el taller de periodismo y en ella participan varios usuarios. Publican poemas, recuerdos tristes, dibujos de una ingenuidad conmovedora o escalofriante. «Yo estoy contratado por Asispa, una empresa externa. No somos funcionarios. Mi trabajo se centra en la atención individual: en la ayuda física, en el aseo personal, en levantarlos de la cama y lavarlos, en moverlos de la silla de ruedas a la cama o al baño. Yo tengo encomendados a cuatro usuarios especialmente dependientes. Dos de ellos requieren atención constante.

»Mi equipo consta de once monitores. Se encargan sobre todo de los aseos y de la monitorización de actividades, con especial atención a las usuarias. Ellas suelen preferir a una monitora, pero luego te conocen y te reclaman igual los hombres que las mujeres. También les ayudamos a administrarse el dinero y con las gestiones burocráticas: ir al banco, al médico, al padrón, a la junta municipal, a comprarles tabaco. Intentamos que lleguen a fin de mes, que no se lo gasten todo enseguida.» Lo cierto es que Curro, como su nombre indica, hace de todo. Todo lo hace además con una sonrisa.

Curro me explica los niveles académicos de lo que genéricamente llamamos trabajo social. Está el integrador social, que es un título de formación profesional; está el educador social, que es un diplomado de primer ciclo universitario; y está propiamente el trabajador social, que es un licenciado universitario. De todos hay en el Casi, unos a sueldo de la administración y otros de empresas que contratan con ella. Es lo que la prensa denomina colaboración público-privada, que no es otra cosa que la lógica de los fines imponiéndose con naturalidad al dogmatismo de los medios.

¿Y qué son las tareas de dinamización? Básicamente intentar que no se aburran. Que encuentren alicientes a la penosa sucesión de los días. Que quien ha estado bebiendo en la sala de reducción por la mañana tenga la posibilidad de participar en algún juego por la tarde. Que no todo sea vegetar frente a la tele. Y ahí la revista juega un papel importante. Sale cada tres meses y tendré la oportunidad de colaborar en un número dejándome entrevistar por cuatro mujeres del taller de periodismo. Era la mejor manera de poder entrevistarlas yo a ellas.

No quiere que revelemos su nombre, así que la llamaremos Matilde. Matilde está apurando su cerveza en la sala de reducción, no lejos de Ricardo. Pero su género literario es otro. Ella no practica el relato romántico sino el costumbrismo quinqui. O el realismo sucísimo. «Yo era la más guerrera de por aquí. Lo mío eran el alcohol y las drogas. Soy politoxicómana. Pero ya no me meto. Sobre todo desde que me tiraron a las vías del metro. Faltaban setenta segundos para que llegara el metro y yo sentía el cuello medio roto por el golpe contra las vías, pero aparecieron dos *chapas*. Los *chapas* son agentes de paisano que van haciendo *buscas*, van persiguiendo gente en busca y captura y cobran trescientos euros por cada *busca*. Yo es que estuve siete años en la cárcel. Me conozco cómo va esto. Estuve en Meco, en Estremera, en Aranjuez... Por tráfico. Y ahora tengo pendiente un juicio por hurto, pero no sé qué coño de día es el juicio este. Yo ahora no puedo ir sola a coger el metro, por el trauma.

»El caso es que estaba en la vía, semiinconsciente. No me podía mover. Y vi a dos tíos lanzándose a por mí, como en una película de superhéroes. Hasta los veía con capa negra y todo. ¿Quién me tiró? Pues me tiró uno que sigue viviendo aquí, en el Casi. Y hasta que vayamos a juicio y se vea la grabación de las cámaras no lo van a echar. Él ahora quiere suavizar las cosas, me dice: "Nena, vamos a tomar algo". Porque se juega de siete a nueve años.

»Cuando me salvaron de las vías me desmayé. Estuve dos días en coma. Todo esto ocurrió hace cinco o seis meses. Estuve con la pierna escayolada hasta hace nada. Me han robado el móvil, y si no tienes móvil no tienes vida. Me están gestionando el ingreso mínimo pero todavía no me ha llegado.»

Cruz escucha la historia de Matilde mientras custodia la puerta de la despensa, donde se guarda la cerveza y el vino. No parece sorprenderle nada de lo que ha oído. Cosa que solo se explica porque ha oído eso y bastante más.

En la consulta del médico

Me presento a la doctora en la consulta, que es sobre todo una sala de curas. El Casi es el único centro de la red con plaza fija de médico. Además de la doctora el equipo consta de dos psicólogos y siete enfermeras, aunque rara vez están cubiertas todas las plazas de enfermería a la vez. La doctora se llama Marnye y es peruana. Lleva cinco años aquí. Pasa consulta toda la mañana de lunes a viernes, igual que los dos psicólogos (hombre y mujer). Marnye se afana a conciencia, quiere creer en su propia utilidad, pero los hechos secos que va narrando derrotan su voz hasta adoptar un tono irremediable de elegía. Su testimonio me deja tundido.

«Esto no se parece nada a la medicina convencional. Por el tipo de pacientes, que son mucho más exigentes. Tienen tantas enfermedades que requieren una atención inmediata y constante. Son dolencias crónicas que se complican con la politoxicomanía habitual, con la patología dual, con la enfermedad mental grave. Muere uno o dos al mes. Es una proporción altísima para una población de menos de doscientos cincuenta residentes. Ha habido meses en que han fallecido cuatro o cinco en un mes. La mortandad no aumenta necesariamente en invierno. Es verdad que el riesgo añadido del frío es la hipotermia, o un aumento del consumo que les produce sueño, y al dormirse en la calle se exponen a mayores amenazas. Pero la deshidratación en verano a veces resulta más peligrosa.

»Mi orgullo es sacar a los pacientes adelante. Hace poco se fue de aquí uno que acumulaba tres o cuatro comas etílicos a la semana. Trabajamos con él hasta que conseguimos que saliera adelante. Le decíamos: "Mira, Alberto. Tienes traumatismos craneoencefálicos cada dos por tres, fracturas de brazo o de pierna por las caídas. Bebes hasta perder el equilibrio. Tienes que reaccionar". Alberto accedió a entrar en la sala de reducción del daño. Se convenció después de que debía ingresar en el hospital cuando agarró una neumonía. Fue una estancia de meses y volvió motivado para dejar el alcohol. Tiene cincuenta y siete años. Le encantaba leer. Le diagnosticamos síndrome de Korsakoff, un trastorno cognitivo causado por el abuso de alcohol que cursa con dificultades para hablar y para caminar. Pues bien, hoy Alberto está en una residencia. Yo espero que no recaiga. Porque es mi único orgullo. Es el único caso de éxito en mis cinco años aquí.

»Aquí no se te concede la ilusión de curar. Solo obtenemos frustración profesional. En la pandemia me planteé dejar la profesión. Nos adaptamos como pudimos: aislamos con plástico las zonas comunes para evitar contagios, creamos un protocolo de aislamiento. Pero ¿cómo le explicas a un adicto que tiene que aislarse? Fue desgarrador, yo me tiraba de los pelos. Me decía a mí misma: "No vas a conseguir nada, tu trabajo no tiene sentido". Estallaban continuas discusiones con los usuarios, las faltas de respeto se volvieron frecuentes... Pero con el tiempo se adaptaron. Hubo tantas olas pandémicas que se adaptaron.

»No es lo mismo ser médico aquí que en la Ruber. Aquí me han amenazado con unas tijeras, me han clavado las uñas. Pero no se lo puedes tener en cuenta porque no son ellos mismos. Es la adicción. Luego te piden disculpas. En la pandemia lo pasé mal porque se registraron dos grandes brotes. Recuerdo un día que fuimos a subirle la medicación a la cama a un paciente, cumpliendo con el protocolo, y el paciente nos levantó el bastón. ¡Nos quería agredir! Pero fue la única vez que pasé miedo de verdad. Tuvimos ochenta y cinco infectados pero solo cuatro fallecidos. El covid no fue lo peor que les ha pasado.

»Funcionamos con cita previa. Tuvimos que implantarla porque antes era un caos, este pasillo estaba siempre atestado. Nunca paraba de entrar gente. Ahora pide cita el sesenta por ciento. Así son más conscientes de su enfermedad, ganan autonomía. Aunque hay alguno que se presenta y luego no recuerda por qué.

»Al principio de llegar aquí mi mayor shock fue la droga. En mi vida había visto a tantos drogadictos. Luego vi cosas peores. Día sí y día también había que atender a una mujer violada. Recuerdo a Pastora, que vivía aquí. Dormía aquí. Yo no podía entender semejante perversión humana: alguien le había quemado los genitales con cigarrillos. La vi en el Puerta Abierta hace un año y tenía otro semblante, estaba mejorada. ¡Me dio tanta alegría! Pero otro usuario, hace cosa de un año, fue quemado vivo en las inmediaciones del centro.

Murió. Su familia no ha dado señales de vida. No sabemos nada de la investigación policial. No sabemos siquiera si sus asesinos están viviendo aquí. Quizá sea mejor no enterarse.

»Vienen muchos que han cumplido pena. Acaban de salir de prisión y no tienen hogar. Hay quien te cuenta su paso por la cárcel con arrepentimiento. Y hay otros que te lo dejan caer a modo de advertencia, para meterte miedo. Pero sor Juana me dijo una vez: "No tengas miedo. Son malos con ellos mismos. A nosotras nos están agradecidos". A sor Juana se la llevó un cáncer de páncreas fulminante. Pobre.

»Estar aquí me ha hecho más humana. No sé decirlo de otra manera. Antes de criticar a alguien me lo pienso ahora cien veces. Ya no juzgo a las personas. ¿Quién soy yo para juzgar las vidas de los demás? La verdad es que no entiendo cómo he aguantado tanto. Pero es que estas son personas maltratadas desde la infancia. Solo escucharlas duele.»

Este es el relato de la doctora Marnye, que va a trabajar al Casi todos los días. No puedo añadir nada. No se puede añadir nada.

Mujer, violencia, amor

Mar ha sido la elegida para leer el manifiesto de este 25 de noviembre, día consagrado a la erradicación de la violencia contra la mujer. En un centro de personas sin hogar, donde la mujer que no ha sido violada es una anomalía, por fuerza la lectura de este manifiesto ha de revestir cierta gravedad.

A la hora del desayuno la recepción del Casi congrega a un puñado de mujeres entre las que se cuentan a ojo tantas usuarias como trabajadoras. Un cartel informa de la funesta estadística de feminicidios en lo que va de año. «Ni una más.» Se reparten viseras con mensaje. «El amor no duele.» «No estás sola.» Estos lemas cobran todo su significado cuando observamos los rostros de cuantas se han refugiado aquí de la violencia de la calle.

Se ha improvisado un altar con seis velas encendidas sobre una mesa. Mar está nerviosa. Le asusta un poco la responsabilidad pero rehúye el dramatismo, precisamente porque si algo ha sobrado en su vida es drama. Así que rompe el hielo con una broma: «En un lugar de La Mancha... ah, no. Perdón». Se ríe para espantar los nervios y comienza a leer. Avanza con esfuerzo, tropieza en algunas expresiones técnicas, inserta apostillas para rebajar la tensión. Si supiera expresar lo que ha vivido ganaría una cátedra de feminismo teórico. Pero rara vez las víctimas más puras son también las más capaces de reflexionar sobre su condición. Bastante tienen con salir adelante en la lucha por la vida.

El texto se alarga y Mar titubea. Las trabajadoras, auxiliares y monitoras la animan: «¡Vamos, Mar! ¡Lo estás haciendo fenomenal!». Pero a ella le tiemblan las manos y le falla la voz cuando le toca repasar el fragmento más explícito. El que habla de los tortazos, de las mandíbulas destrozadas a golpes, del miedo, de la sumisión. Todas aplauden a Mar cuando por fin concluye y abrocha su actuación a lo Lina Morgan: «¡Emocionada y agradecida!». Y se pone a bailar. El minuto de silencio cierra un acto sencillo al que no habrán acudido más de treinta y cinco personas, incluido el personal del centro. El resto se ha quedado en la habitación o estará ya bebiendo en las aceras.

A la salida me retiene Ana. Me dirige una sonrisa cómplice y me dice que sigue mi trabajo en los medios de comunicación. Ana estudió periodismo y echa de menos la radio, el medio que más le gustaba. Con la gran crisis de 2008 se quedó sin trabajo y decidió sacarse las oposiciones de trabajadora social. Le pregunto cómo es pasar del roce puntual con la desgracia para el que nos entrena el oficio a la inmersión cotidiana entre inconsolables que es propia del trabajo social. «Antes iba por la calle y me apartaba al verlos, como hace tanta gente. Al primer vistazo resultan desagradables, huelen mal. Luego descubrí que cada uno tiene una historia increíble. Cuando ya eres profesional y se te muere el primero te impresiona mucho. Eso te endurece, porque no hay más remedio. Pero al mismo tiempo nunca te acostumbras a lo rápido que envejecen, a la velocidad a la que se deterioran.

»Tengo infinidad de anécdotas. Aquí tenemos por ejemplo a todo un profesor de Historia del Arte de la Universidad de Salamanca que en su día publicó crítica de cine en la prensa de Nueva York. El alcohol desbarató su vida por completo. Pero lo más impresionante son las mujeres que llegan embarazadas. Que se presentan aquí sabiendo que servicios sociales se quedará con su bebé. Mujeres adictas, con graves enfermedades mentales, que retienen la lucidez suficiente para saberse incapaces de criarlo. Así que renuncian a él. Esas escenas no las olvidas.

Es difícil despedirse de Ana, que extraña las luces brillantes del periodismo. Que las cambió por la opaca vocación de cuidar del que no es nadie. Que no deja de sonreír. Es difícil despedirse de Ana y no acabar dando la razón a Janet Malcolm cuando redactó aquella autopsia memorable de su propio oficio: «Todo periodista que no es demasiado tonto o no está demasiado pagado de sí mismo sabe que lo que hace es moralmente indefendible».

Violencia y amor. Las mujeres sin hogar saben mucho de lo primero y casi nada de lo segundo. Pero las supervivientes del Casi afirman la esperanza en todo aquello que no tienen y tampoco olvidan. Por eso han instalado un mural en la recepción sobre el que proyectan simplicidades que estremecen un poco a quien las lee, porque revelan una inocencia que ha resistido mucha intemperie. «Entre todas lo podemos superar.» «Viva la vida. Feliz día de la mujer.» «Mucha fuerza, mujeres.» También han confeccionado claveles de papel morado que se clavan en el pelo o se prenden de la ropa. A las asiduas al taller de manualidades la dirección les ha prometido un almuerzo en un restaurante del centro comercial de Príncipe Pío. Aunque está muy cerca, se ha fletado una furgoneta para llevarlas. Para la tarde hay anunciada una función del coro femenino.

A la hora señalada me persono en el salón de actos del Casi. Siempre me advierte Maribel de que esto no es un crucero, que ninguna actividad tiene demasiado seguimiento, que aquí la gente está a sus cosas, con frecuencia menos saludables que aprender a cantar en un coro. Efectivamente junto al escenario no comparecen más que cuatro usuarias y una monitora. Están jugando al karaoke. Decido esperar un poco cerca de la salida para no importunarlas. Mi espera es recompensada con la aparición de Cissy, una mujer transexual negra que llegó de Cuba y que podría fichar perfectamente por cualquier discográfica o por un *talent show*. Viste completamente de rojo, minifalda y botas de tacón, los labios de un carmín escandaloso. Viene cantando. Entona como una artista, subiendo y bajando sin esfuerzo, ensayando en varios tonos un único verso: «Yo soy luz, yo soy luz». Es obvio que ha trabajado en el mundo del espectáculo. Es obvio también que la han expulsado de él. Desde luego no porque no sepa cantar. Por unos minutos, bajo la voz de Cissy, ese salón casi vacío se colma de algo más sólido que un entretenimiento poco concurrido. Algo cercano a la felicidad de las mujeres que ignoran lo que es la felicidad.

En el taller de periodismo

Cada final de mes la población del Casi se vuelve fluida y desciende considerablemente. La razón es que los que la tienen cobran su pensión el día 25 y corren a gastársela por ahí. Pero quienes tienen que estar están. Así que Curro me ha convocado al taller de periodismo que dirige y al que esta tarde oscurecida de finales de noviembre, a las cinco en punto, asistirán Charo, Leonor, Micaela y Juani.

Micaela es rumana y no tiene dientes. Se queja de que siempre tiene cita con el dentista. Emborrona cuadernos con sus pensamientos pero la mayoría los guarda en su cabeza. Le gustaría ser escritora, aunque prefiere no hablar de sí misma. «¿Mi vida? Un desastre. Quisiera cambiarlo todo. Escribir un libro. Pero para eso necesito como mínimo diez cuadernos.» Lleva publicados siete artículos en *La escalera horizontal*, la revista trimestral del centro. Se llama así en honor al cambio metodológico que están experimentando las políticas de asistencia a las personas sin hogar en todo el mundo desarrollado. El nuevo paradigma archiva la idea un poco vertiginosa de ascesis personal, que acogota a quien apenas reúne fuerzas para levantarse cada día de la cama. Ya no se trata de convencerle de que debe subir los escalones de la autonomía por su propio pie sino de apoyarse en la responsabilidad compartida del centro, en la convivencia entre los igualados por el infortunio, para avanzar juntos a partir de ahí. Se ha constatado que funciona y basta. A lo individual a través de lo colectivo.

El centro ha tenido inquilinos tan ilustres como Valentina, rusa de nacimiento, que quiso ser torera y llegó a campeona de kickboxing. Pasó muchos años en el Casi antes de emanciparse y vivir en su propia casa. Estudió y encontró trabajo. «Valentina fue un icono de heroísmo por lo que hizo por el centro. Hizo una chimenea», justifica Charo. Charo es un tesoro porque habla sin filtro. Su cabeza ya no puede permitirse el pudor. A veces cuenta más de lo que nos atreveríamos a preguntarle. «Durante el confinamiento me tiré por la ventana del segundo piso. Estábamos doscientas sesenta y ocho personas aquí encerradas. Fue duro», recuerda. «Yo era gogó de una discoteca. Entre los diecisiete y los veintiuno bailaba en Titanic, que ahora es Kapital. Yo iba en patines y me perseguía mi abuelo, que era el que me cuidaba porque mi padre me abandonó cuando yo tenía dos añitos. Mi abuelo decía que me iban a hacer un bombo y no paró hasta que me sacó de allí. Pero yo no enseñaba nada, ¿eh?»

Leonor es guineana y acaba de salir del trullo. De los cuarenta y ocho años que tiene ha pasado veinte entre rejas. También fue bailarina cuando llegó a Madrid. Solo ha vuelto una vez a Guinea para ver a su familia. Conserva una dicción casi académica, pero la tos gutural que la acomete cada poco despertaría la aprensión de un sepulturero. Mientras habla pienso que jamás me acostumbraré a la serenidad cósmica con la que enuncian sus enormidades personas como Leonor. «Llevo veinte días libre, acabo de salir de allí. Estoy ordenando el papeleo porque me robaron la documentación en la cárcel. Yo soy graduada en educación infantil. Ahora estoy tratando de conseguir una paga. Fui modelo de *Interviú* y desfilé en la pasarela Cibeles. Pero me vi en la calle. Entré en prisión en 2002. El problema de la cárcel es que está prohibido meterse en internet: la brecha digital allí es total. La reinserción es un cuento, no la facilitan de ningún modo. Te sueltan con las manos vacías. A mí me soltaron el día del Pilar y solo los misioneros me ayudaron. En comparación con la cárcel la comida en el Casi es de cinco estrellas. Y además te dejan subir a descansar. ¡Un lujo!

»El día que salí el cielo estaba azul. No había visto un cielo más azul en mi vida. Tenía cincuenta euros y se los di al taxista para que me llevara a la Puerta del Sol y con lo que sobró me compré un helado de vainilla y chocolate. Esa primera noche dormí en una pensión de la plaza del Carmen, junto a la Gran Vía. Luego me fui donde los curas de Pío XII y allí me ayudaron a llegar aquí.» Cuando le pregunto, con todo el tacto perifrástico del que soy capaz, qué hizo para pasar tanto tiempo encarcelada, Leonor elige la concisión: «Pegué a una funcionaria». Tampoco indago más.

Curro es un animador atómico. Su optimismo es imbatible, aunque no se hace ilusiones. Quizá por eso es imbatible. Su propósito y el de su equipo es trabajar el sentido de pertenencia al grupo, que se sientan parte de algo. «Pero ¿quién se quiere sentir parte de un grupo que se caracteriza por la exclusión? Mi trabajo, al final, consiste en animar. Intento animarlos cada día.» Y al decirlo, Curro no logra ahogar a tiempo un leve temblor en la voz. Enseguida se recompone y se pone a conducir la entrevista coral de la que soy objeto, que era el peaje para participar en su taller. Van lanzándome las preguntas que han preparado para mí: «¿Te sientes más escritor o periodista?», «¿Has sufrido alguna vez censura por dar tu opinión?», «¿Cuál fue la razón de que te interesaras por el Casi y cómo supiste de su existencia?». Yo las voy respondiendo sin prisa, con abundancia de digresiones, intercalando las anécdotas más llamativas que se me ocurren para tratar de divertir a mis entrevistadoras. Me escuchan con una atención absoluta, injusta. Es inevitable sentirse un impostor que trafica con el interés del gran mundo ante quienes han apurado la experiencia del inframundo. Bastante más trepidante que el otro, por cierto.

Aparece Juani, risueña y frágil. Juani se expresa en refranes. El ripio es su pasión irreprimible, hace rimas constantemente. Se casó con un gaditano del que tomó el acento, porque Juani está convencida de que el acento andaluz condimenta cualquier pareado. Se ha convertido en una especie de tonadillera automática. Además ha sido futbolista. Y se conoce que el prestigio social del fútbol ha llegado al Casi, porque Charo se apresura a informar de que su hijo fue portero del Castilla (ahora es oficial de topografía del metro). A la madre, que es vallecana, no le va tanto el color blanco. «Yo soy muy vampírica. Suelo vestir de negro. Mi peli favorita es *Matrix*. Y me encanta el castillo de Drácula. ¡El castillo de Drácula debe de ser divino por dentro!»

La sesión avanza basculando entre la autobiografía y el anecdotario. Al fin y al cabo son géneros muy indicados para un taller de periodismo, por más que los académicos del oficio hayan instituido las ciencias de la información y pretendan la autoría del primer borrador de la Historia. De la época en que este lugar acogió a niños expósitos, me cuentan, queda el recuerdo de Juan Moncada y de Jesús Baeza. Al parecer Jesús había nacido en el propio centro. En cuanto a Juan, atesora el récord absoluto de permanencia. «Era un niño adoptado por las monjitas. Se consideraba hijo suyo. Se marchó a la Legión, combatió en la guerra del Sáhara y perdió un ojo. Se le permitió seguir aquí más allá de los sesenta y cinco, que es la edad tope, por su especial arraigo. Hará cinco años que salió y hoy vive en una residencia de Cadalso de los Vidrios. Era lo que llamamos una persona "institucionalizada": no sabía vivir fuera del Casi», explica Curro.

Cae la tarde cuando salgo del taller. Todo parece más triste por las tardes. Me detengo en el patio, donde se han apostado unos cuantos fumadores desangelados como si ahumaran su propia soledad. «No nos comemos a nadie», se había quejado antes Micaela. En la puerta de la calle me está esperando Juani con gesto pícaro, satisfecha de mi cara de sorpresa. Yo sé por qué está aquí —su marido el gaditano le rompió la cara— pero no me siento capaz de sonsacarla. Así que dejo que me repita una vez más su desvencijado poema: «Eres una flor, / te lo digo con amor / desde el fondo del corazón. / Nadie te lo ha dicho como yo». Esto último es absoluta, desgarradoramente cierto.

Prueba de comedor

La estancia más importante del Casi es el comedor. El centro sirve desayuno, comida, merienda y cena. Y ofrece también servicio de pícnic, para quien quiera comer al fresco. Pero raro es aquí el usuario que cumple puntualmente con las cuatro citas, porque el apetito es síntoma de salud y aquí nadie está sano. Físicamente sanos hay poquísimos, pero mentalmente sano no queda nadie. El hipotálamo aloja el centro de control nervioso del hambre o de la saciedad, y no trabaja bien a la intemperie. Demasiado tiempo de calle lo deja irremediablemente averiado, de modo que algunos usuarios comen o ayunan con idéntico desorden. Naturalmente otros no perdonan un plato de sopa, se pelean por el turno y se cuidan de rozar a nadie en la cola para no provocar un conflicto.

Maite es la subdirectora del Casi, la mano derecha de Maribel. Es alta, esbelta y jovial. Ella me detalla el proceso del almuerzo, que está milimétricamente pautado. A las doce y cincuenta se abre la rampa que da acceso al comedor: los que van en silla de ruedas, que no son pocos, tienen prioridad. Como necesitan ayuda para todo, su turno se prolonga hasta las dos, hora en que se retira la rampa y empieza el desfile de los hambrientos a pie. Las mesas son ocupadas por parejas en turnos sucesivos y ágiles. Ni cabe el ritual comunitario ni la morosa tertulia de mesa y mantel. Aquí nadie viene a socializar. Se trata más bien de saciarse e irse. Hoy cumplo cuarenta años y he pedido permiso para celebrarlo en el Casi. Así que me pongo a la cola.

Salvo los cocineros nadie repara demasiado en mí. Bastante concentración exige a los usuarios decidir el segundo. El menú consta de crema de zanahoria con picatostes, merluza en salsa verde o guiso de ternera, agua, pan y una pera de postre. A mi lado rezonga incorregible Fernando desde su silla de ruedas: «¡Son sobras!». Lleno mi bandeja deslizándola por la barra, no muy distinta a la del comedor de mi colegio en los días azules de la infancia. Y ocupo una mesa vacía en un extremo de la sala rectangular, desde donde alcanzo a verla entera. Apenas seremos más de veinte comensales en este turno. Cuento una treintena de mesas. Reina un silencio sagrado, roto si acaso por el campanilleo de unas cucharas que rebañan. Un par de auxiliares patrullan el pasillo, no se entiende por qué. Los usuarios ingieren la comida con gesto mecánico, la vista fija en su bandeja, y cuando han terminado se levantan y se van sin mayor ceremonia, con el estómago caliente y la misión cumplida.

Se me acerca un camarero, informado de mi condición de periodista, y me susurra al oído: «Has tenido suerte: hoy es un día tranquilo». Pero para un periodista, pienso, la tranquilidad es más bien mala suerte. Detrás de mí ha entrado Ricardo, el peruano. Me cuenta que ha enviado su cuarta colaboración a la revista. Sonríe cuando lo llamo el Vargas Llosa del Casi. De la mesa del fondo llega una conversación, la única del comedor, entre dos comensales sentados a la misma mesa. Con gran aparato gestual un hombre de origen latinoamericano le está explicando a otro de origen eslavo qué es un bipolar. A efectos dramáticos se pone de pie y ejecuta su función con verdadero talento interpretativo: pasa del llanto ostentoso a una carcajada siniestra. Antes de salir cada cual debe recoger su servicio, lo que implica llevar su bandeja hasta la barra del fondo, devolver el vaso, colocar los cubiertos en los recipientes del lavaplatos y echar los residuos al cubo. Todos lo hacen.

Después de comer la sala de la tele está a rebosar. Pero son las cinco, algunos no llevan bebiendo precisamente agua desde primera hora de la mañana y empieza el jaleo. El latino con vocación de actor se va derecho a la máquina de refrescos, mete la mano hasta el codo por la rendija expendedora y la saca con una lata de Coca-Cola. Casi dan ganas de aplaudir. El éxito mueve a la imitación, pero ahora prueba uno más torpe y solo consigue hacerse daño en el brazo. De pronto un ruso pendenciero (valga el pleonasmo) se pone a discutir a gritos. A gritos en ruso, naturalmente. Señala a otro con el dedo y este le reta a salir a la calle, pero el ruso está demasiado borracho como para levantarse de su butaca. Cuando una monitora cruza el salón por delante de él, el ruso le pide a voces matrimonio. Se lo pide en español, eso sí. Noto que mi presencia empieza a despertar curiosidad. Atraigo algunas miradas inquisitivas y paso de observador a observado. Una mujer desgreñada, escapada de una película de Tim Burton, me clava los ojos: «Tengo ciento veinte años y mira qué guapa estoy». Como para negarlo.

Paso por el despacho de Maite para agradecerle el almuerzo y recabar de paso algunas impresiones de la subdirección. Llegó con Maribel, así que acumula también década y media en el Casi. Viene todos los días hasta aquí desde su casa en un pueblo de Segovia. Lo primero que me cuenta es que hace poco la agredió un usuario. Fue un hombre que había pisado la cabeza a otro. Se presentó en el despacho de Maite y le estampó la cara contra la pared de un bofetón. El agresor ha sido castigado con una expulsión de tres meses, pero como estamos en diciembre —en plena campaña contra el frío— y no deja de ser una persona vulnerable, se le ha destinado a otro recurso de la red municipal. Ella dice que no quiere coger miedo, pero ahora lo primero que hace al meterse en su despacho es echar el pestillo.

«El perfil ha cambiado a peor. Se mezcla el deterioro de los que llevan ya años aquí y el creciente fenómeno de jóvenes con problemas mentales. Hay una paradoja en este trabajo, que es la paradoja de la institución: nuestro propósito es devolverles la autonomía, pero una vez aquí se vuelven cada vez más dependientes. Algunos llegan al punto de traerte las cartas al despacho para que se las abras tú. Deberíamos repensar el modelo, diseñar recursos más orientados a que puedan valerse por sí mismos. En el Casi les amonestamos si cocinan en la habitación; yo me pregunto si no deberíamos actuar al revés, si no deberíamos fomentar que sean capaces de cocinarse la comida. Porque una vez que se acomodan, su personalidad queda anulada del todo.»

El razonamiento de Maite parece inobjetable. La autonomía personal es el envés de la funcionalidad social. No es posible perder solamente una de las dos. El ciudadano más provechoso para la comunidad coincide con el hombre que es dueño de su destino. La institución que acoge a un superviviente de la calle no solo obra rectamente sino que realiza una inversión: rentabilizará lo invertido si un dependiente se transforma en autónomo. Claro que toda inversión conlleva un riesgo, y hay bancarrotas de las que es imposible recuperarse.

El umbral de la reinserción

Con su Puerta Única de Entrada, el Casi ocupa el centro del asistencialismo madrileño para personas sin hogar. Pero a partir de él se despliega toda una red de equipamientos públicos que cubren prestaciones más específicas. El Juan Luis Vives, abierto en 2007, está catalogado como centro de preparación al cambio. Las personas que viven aquí exhiben un mayor grado de autonomía personal que las atendidas en el Casi. No es que los usuarios del Vives no beban o no tomen drogas, pero sus consumos son leves y se encuentran bajo especial vigilancia y tratamiento. El ideal es que salgan de aquí cuanto antes. Directamente de regreso a la vida civil, como si dijéramos.

El Vives está ubicado en el extrarradio de Madrid, en un polígono industrial del distrito de Vicálvaro. Es una alabanza al cemento. Sobre el paraje inhóspito, lunar, pone el sol de invierno su brillo cerúleo. A la salida de una rotonda una prostituta aburrida espera a algún cliente. No hay polígonos alegres, y este no es una excepción. Los académicos lo considerarían un no-lugar. Hay, eso sí, aparcamiento de sobra.

Ahora bien, el centro en sí es una nave reluciente que parece recién aterrizada. Actualmente acoge a cincuenta y siete extranjeros —en su mayoría marroquíes y rumanos— y a cuarenta y tres españoles, de los cuales un ochenta por ciento son hombres y el resto mujeres. Las instalaciones son modernas y luminosas, de un blanco higiénico y omnipresente. Los usuarios no tienen mucho que ver con los del Casi: son más jóvenes, parecen sanos, van más aseados, visten ropa casi a la moda.

Mateo dirige el centro prácticamente desde su apertura. Me conduce por sus largos pasillos mientras me explica la filosofía de una institución que aplica incluso arquitectónicamente el paradigma de la escalera horizontal: no hay escaleras. El plan dota a cada usuario recién llegado de un horizonte de tres meses para su completa desintoxicación, momento en que será recompensado con el derecho a mudarse a una pensión. Los trabajadores del Vives hacen un seguimiento personalizado de cada uno, satisfechos cuando van superando etapas, decepcionados cuando tienden a institucionalizarse o vuelven a las andadas. Es lo malo de las escaleras, por muy horizontales que sean: que admiten el avance tanto como la involución.

Estamos en diciembre y el salón de actos ofrece un aspecto de lo más navideño. Reina un ambiente festivo seguramente inalcanzable para el Casi. El programa de festejos incluye varios números musicales y una representación teatral. «Esto no es lo normal, no vayas a creer. En el día a día son bastante apáticos. Hay conflictos cotidianos, comportamientos racistas entre ellos. Tienen pocas cosas, pero con lo poco que tienen son muy egoístas», lamenta Mateo.

La función navideña se abre con la proyección de un videoclip rodado en las vías que cruzan el barrio. Los protagonistas son los usuarios, que se van turnando en el recitado de los versos. Hay uno que se repite machaconamente: «¿Cómo se sale de aquí?». Toda la sala rompe a aplaudir cuando termina la proyección. En el siguiente número, siete residentes de edad avanzada suben al escenario para ejecutar los coros de la célebre canción de Massiel. La coreografía es absurda, un tributo a la descoordinación, no cumple con el grado de psicomotricidad que le exigiríamos a la función infantil de nuestros hijos. Y sin embargo resulta emocionante, porque el esfuerzo que ponen en la ejecución se impone a la ejecución misma. Un gesto de concentración crispa los rostros de los coristas y la simple tarea de balancear los brazos adquiere proporciones de hazaña. Uno de ellos va en silla de ruedas y se cansa pronto de seguir el ritmo o de intentarlo. Mateo me chiva que en realidad lo que le gusta es el rocanrol. En el centro de la escena hay un sofá iluminado con una lámpara donde se sienta una mujer rubia que también ha decidido no moverse más. Parece recrearse en su estatismo, se aquieta en medio del jolgorio con una seriedad contestataria como de artista de performance. A saber lo que estará pensando. Después sube al escenario una cantante profesional que ha venido a hacer voluntariado. Su voz rota, aflamencada, hipnotiza de inmediato a la audiencia. El sonido es pésimo y la acústica afrentaría el sentido del ridículo de una tuna de provincias, pero ella se concentra en el riff seco de su guitarra y en su quejido caliente: «Yo solo quiero tenerte a mi lado».

Mientras se suceden las actuaciones musicales, sobre

la pantalla se proyectan imágenes de indigentes acariciando ramas de árboles. Una y otra vez. El significado se me escapa a mí y seguramente a ellos. La traca final es un reguetón de moda. Suena el estribillo, se produce la invasión del escenario y el salón entero acaba cantando y saltando. El show se cierra con la presentación en pantalla de las fotos que ilustran los meses del calendario de 2023. Cada vez que alguno de los presentes es reconocido se desata el alborozo entre sus amigos. Esta es la primicia: aquí hay grupos de amigos. Lo parece, al menos.

En este centro el programa de actividades es nutrido y cuenta con índices aceptables de participación. Películas, partidos de fútbol, sesiones de karaoke, taller de radio. La recepción se parece todo lo posible a la de un hotel, con las llaves en sus casilleros correspondientes. El jefe de seguridad monitoriza todas las instalaciones a través de treinta y dos pantallas. En la plantilla del Vives destacan las figuras del educador y del psicólogo, que son casi tan importantes como el personal de enfermería, porque se trata de poner el énfasis en la reinserción.

Es un centro minimalista, extenso, luminoso, sin barreras. Parece diseñado para que las paredes insinúen al usuario una promesa de libertad. Las colchonetas de la sala de ingresos sirven para acoger al que llegue de noche borracho o colocado. En las dos salas de televisión se elige el canal por votación. Hay gimnasio, sala de informática, aula de plástica, taller de costura y de plancha, biblioteca, consigna, lavandería, farmacia, sala de curas, despacho de asesoría jurídica —especializado en asuntos de extranjería— y un comedor airoso, casi alegre. Hay hasta una máquina de café... sin cafeína. «Tenemos muchos casos de gente que progresa desde el Casi hasta el Vives, pero lamentablemente algunos también hacen el camino inverso. Hay quien no se adapta a lo mejor y prefieren lo malo conocido. Les tira demasiado el alcohol y la libertad de consumirlo en el centro de Madrid. Pero aquí desde 2008 solo hemos tenido tres muertos», presume Mateo.

El exterior es tan espacioso como el interior. Jardín, campo de futbito, terraza para barbacoas en verano, un huerto, una nutrida colonia felina y cuatro cheniles, que es la manera sofisticadamente francesa de llamar a la caseta del perro. En un extremo del jardín se levanta la «unidad de convivencia». Así se refieren al complejo modular de siete pabellones acondicionados para alojar —cada uno— a seis usuarios en avanzado estado de autonomía. Cocina, habitaciones dobles, baño compartido y lavandería. La idea es reproducir en lo posible el modelo de un piso compartido para universitarios: un primer ensayo de emancipación tanto para el que abandona la casa familiar como para el que va olvidando la calle inhóspita. Quienes disfrutan del pabellón de convivencia deben acreditar un puesto de trabajo. Y cumplir escrupulosamente con el folio de normas expuesto en el recibidor, con su cuadrante de turnos de limpieza y su división fordista del trabajo. Cocina no hay, por si acaso. «Más del sesenta por ciento tiene problemas mentales, algunos complicados a su vez con adicciones», apunta Mateo.

Una mujer llamada Rocío fuma sola sobre el poyete de uno de los módulos. Mateo la saluda y aprovecha para contarme su caso, que es el propio de una paciente necesitada de medicación por graves desarreglos mentales. Se pasa la vida entrando y saliendo del centro, alzándose y cayéndose, mejorando y empeorando al vaivén de su voluntad ajironada, al capricho del gusano invisible que parasita su sesera. Rocío me observa, aspira y murmura, después de expulsar el humo de la calada: «Al coco no le gusta la gente. El coco soy yo».

Ilustres disidentes de yincana navideña

Es Navidad y el Casi lo celebra engordando su programa de actividades, propósito platónico que no hay que confundir con un aumento real de la participación. Jose es educador y se encarga de desarrollar el programa junto con otros compañeros. Calza boina castiza y habla con ese deje perezoso, confianzudo y barrial de cuando los madrileños tenían acento. Lógicamente es del Atleti. «No habrá mucho *quorum* hoy porque entre el veinticinco y el primero de cada mes andan todos gastándose el ingreso mínimo o la pensión. Y los que conservan familia y están bien avenidos con ella, que no son muchos, vuelven a casa por Navidad. Por eso ves esto vacío», explica Jose.

Diciembre es un mes muy duro. No solo por el frío, que suele causar alguna muerte, sino por una tristeza sin fondo donde no se atisba rastro de ese cíclico esnobismo que exhibe tanto navidófobo de guardia, demasiado bien alimentado y tan navideño por lo demás como la mula y el buey. A cualquiera que haya experimentado la pérdida puede amargarle una liturgia diseñada para atizar el rescoldo de la primera memoria, aquel presente sin orillas de la infancia. Pero comparar la inoportuna punzada de la melancolía con el desamparo integral de quienes nacen en un pesebre por la mañana y sobrellevan una cruz hasta la noche —y así cada día de su vida— basta para sofocar toda tentativa de protesta en cualquier hogar con pavo, cava, cuñados y calefacción.

Hoy toca yincana. No se trata de llamar la atención de las grandes productoras televisivas, ni falta que hace. La yincana consta de cuatro puestos distribuidos por todo el centro en cada uno de los cuales los usuarios, agrupados por equipos identificados con un color, deben superar una prueba muy sencilla. En la ventanilla de la recepción, por ejemplo, se les hará una pregunta de Trivial. En otro punto les espera el desafío de completar un puzle en el menor tiempo posible. En otro hay que contar un chiste o cantar un villancico o resolver una adivinanza en la sala del botiquín. ¿Pan comido? Habría que ver a Hércules si en vez de nacer de un dios hubiera fatigado las calles castigándose el hígado con vino barato y amontonando cartones en invierno. Pasadas las once de la mañana un aviso de megafonía indica el comienzo del juego.

Cuando estaba en vigor la ley de vagos y maleantes, a los reos se les daba a elegir entre una colonia agraria o ser recluido aquí, a menudo con la familia. Muchos alcohólicos elegían lo segundo. Jose conoce bien la historia del Casi, consciente de pertenecer ya a ella como un noble mastín a su rebaño. Informa de que hace unos días, la mañana de Nochebuena, pasó por aquí el alcalde cumpliendo una tradición dickensiana elevada ya a protocolo municipal. Y le vibra un orgullo indisimulado en la voz cuando relata el caso de un famoso diseñador de moda que fue desahuciado a principios de siglo y a punto estuvo de ennoblecer con su nombre estos vulgares pasillos.

Aparece Juani, la reina del ripio, a la que conocí en el taller de periodismo. Me pide que nombre los equipos por sus colores. Digo amarillo y automática replica: «¡Que te pillo!». Cambio al rojo y estalla triunfal: «¡Que te cojo!». Y entonces Juani se ríe exhibiendo su dentadura desierta, la mandíbula que le destrozó a golpes el animal de su exmarido. Nadie con corazón puede negar a Juani el placer incalculable de redondear un patético pareado. Después se acerca Juan, del equipo rojo. Mientras se le explican las reglas trata de enfocar la mirada en su interlocutor, sin éxito. Pide tabaco. A la yincana también quiere apuntarse Pereira, que es portugués y camina con muletas. Lleva dos años aquí. Su voluntad aún avanza más rápido que sus piernas.

Entonces se presenta Charo, que no trae buena cara. De pronto rompe a llorar y se abraza a Jose, que permanece a mi lado, y grita entre lágrimas que su madre está muy mala, que padece covid y también bronquiolitis, que igual le tienen que amputar las piernas, que el Gobierno le ha quitado la casa, que no lo soporta más. Jose aguanta el estallido a pie firme, abrazado a ella, y el abrazo obra su efecto balsámico. Charo parece calmarse y muestra una foto de su hijo Juan Manuel. Pero al ver la propia foto de su hijo le regresa el desasosiego, un sollozo se forma en su garganta y al aire de la recepción lanza un aullido de pena y de rabia. Amenaza con tirarse —otra vez— por la ventana. Después respira, se serena y vuelve a hablar con normalidad.

A Jose nada de esto le ha impresionado. «Hay muchos

prejuicios con esta gente. Esto en el fondo no deja de ser una reproducción a escala de la sociedad», sostiene. Luego propone presentarme a algunos ilustres del centro que no tienen intención de participar en la yincana, pero porque han protagonizado aventuras muy superiores. Naturalmente acepto.

Cuando atravesamos la zona que hace las veces de biblioteca me fijo en un hombre greñudo que sabe aislarse del jaleo ambiental para clavar los ojos en un gastado libro de bolsillo. Al acercarme para curiosear el título descubro que se trata de una obra de Faulkner. El hombre se llama Gonzalo. ¿Quién será Gonzalo? ¿Qué vida habrá llevado? ¿De dónde cayó para encontrarse aquí y qué conservó para seguir disfrutando del estilo más arduo, poético y salvaje de la literatura americana?

No tengo tiempo para averiguarlo porque Jose me conduce a la sala de reducción del daño, donde aguarda Antonio con un vaso de vino que no parece el primero de la mañana. «Perdona mi aspecto, pero es que estoy jodido», saluda. Un aparatoso esparadrapo le cruza la cara. Anoche se cayó, seguramente borracho, y se golpeó la cara contra el suelo. Calza unas zapatillas astrosas, unos vaqueros grisáceos que un día fueron blancos y una camiseta que no termina de distinguirse de la chaqueta. En otra vida Antonio fue crítico de arte. Y no uno del montón. «Conocí a Andy Warhol en la galería de Fernando Vijande a principios de los ochenta, cuando vino a Madrid a inaugurar una muestra de *pop art*, que era mi especialidad. Estábamos en plena Movida madrileña. También conocí a Lichtenstein. Ahora soy un cadáver viviente, como ves. No me gusta este sitio. Me van a quitar la pensión. A ver si me ayuda Jose con el papeleo.» Antonio guiña un ojo a su educador, sorbe vino y abisma la mirada en un punto incierto de la habitación, entre el color hueso de la pared y el rojo satinado de una lata de tomate Campbell que aún parpadea en su memoria. Tiene por compañeros de cuarto al peruano Ricardo y a Roberto. Este trío comparte habitación, el espacio con más sensibilidad artística por metro cuadrado del Casi.

Roberto, torero y chef, bebe tranquilo a su lado. Su vida tampoco ha sido corriente. Los revisteros taurinos más memoriosos quizá no le hayan olvidado. Toreó en Las Ventas, en la Maestranza de Sevilla, en Pamplona durante los sanfermines. Y trabajó en las cocinas de Arguiñano, Arzak o Subijana. Dio de comer a la plantilla del Atlético de Madrid. Roberto tiene el rostro abultado y cárdeno y no es por el alcohol: anoche, sin venir a cuento, encajó un puñetazo de otro usuario que se supone que ha sido expulsado. Pero a lo largo de sus cuarenta y ocho años —aparenta muchos más— se ha enfrentado a amenazas mayores. Le dio la alternativa Ortega Cano y ha compartido cartel con los grandes. «Guardo el traje de luces todavía. Y un puñado de cicatrices por las cogidas. Pero aquello pasó. Mi ilusión ahora sería cocinar para la gente del centro. Lo intentamos una vez, pasé tres meses diseñando el menú, pero no salió bien por problemas logísticos. No sé si se podrá hacer algún día.» Habla despacio, con dificultad, como si las palabras pesasen y tuviera que citarlas desde muy lejos armado con la muleta, escrutado por un público exigente. Solo se suelta un poco cuando le animo a clasificar por orden de excelencia las distintas gastronomías del mundo. Y dirán del chovinismo de los toreros, pero para él la francesa sigue siendo la mejor. Luego enmudece y decide salir al patio a fumarse un purito. «Son baratos, pero es lo que hay. ¿Quieres uno?»

A la lucidez de Antonio le sienta muy bien el malditismo. Al fin y al cabo ha sido un esteta. Kafka lo consideraría un artista del hambre nada más verlo, pero su decadencia no es ninguna pose. Jose le dice que tiene que comer más, pero la opción de Antonio por la dieta exclusivamente líquida parece bastante sólida. Es consciente de que nadie se ha esforzado por destruirle tanto como él mismo, y lo reconoce con un cuajo macabro y una elocuencia deudora de sus años de escritura en los periódicos. Afirma que trabajó en el mío y que firmó también en la competencia, y como confiesa que le haría ilusión releerse le prometo rescatar sus artículos de la hemeroteca para traérselos. Establecido el pacto, se abre en canal. «Entro y salgo. Ahora llevo tres meses aquí. Me había mudado a una habitación en Ascao, pero la perdí. Me gastaba ciento veinte euros al día en whisky. Me gustaba comprarlo en botellitas, esas botellitas pequeñas de minibar de hotel. De esas podía beberme treinta diarias. Me ponía como una bestia. Y claro, acabé de vuelta en el Casi.» Antonio es un sibarita de la autodestrucción.

En la habitación irrumpe de pronto Matilde. Es aquella toxicómana de largo historial carcelario a la que conocí en esta misma sala de reducción del daño, cuando me contó cómo alguien parecido a Batman la rescató de las vías del metro tras el empujón por la espalda que le propinó otro usuario del Casi. Matilde me informa con satisfacción de que el agresor ha sido expulsado. Pero enseguida cede a la irritación y adopta un tono de ofensa defensiva que es su estado natural. «Estoy harta de que me acusen de robar móviles. Y eso que yo no soy violenta. No hace falta ser violenta para quitarle el bastón al que me acusa y darle tres bastonazos.» Si nos atenemos a los hechos de su biografía, Matilde es una mujer maltratada como muy pocas. Lo que pasa es que odia el papel de víctima. En el tétrico teatro de la vida sin hogar ella hace lo posible por merecer el papel de verdugo. Trasiega la cerveza con un rictus de barbarie perfectamente amenazador. Seguramente su agresor no se habría atrevido a empujarla de frente.

Antonio se inclina de pronto hacia mí y me quita el cuaderno donde garabateo estas notas con mi pésima caligrafía. Le aviso de que le será difícil descifrarlas, pero estudia la página con atención y concluye: «Es muy legible». Matilde aprovecha para recordarme que no quiere aparecer en mis notas con su nombre verdadero (que no es Matilde). Más allá bebe Laura, que ha permanecido callada todo este tiempo, escuchándonos; al enterarse de que soy periodista declara que ella es hincha del Real Madrid y regresa al silencio. Como si no hiciera falta ser conocida por nada más en esta vida.

Jose me acompaña a la salida. Antes de alcanzarla nos cruzamos con un hombre negro y mi acompañante me susurra: «Este es el que le sacudió anoche a Roberto. Se supone que iba a ser expulsado. Yo no entiendo nada». Me despido de él hasta la próxima. Ahora tiene que marcharse a cumplir con su turno de visita en un piso tutelado.

Antes de irme paso por la biblioteca. Allí sigue Gonzalo. Me acerco con disimulo para averiguar qué lee ahora. Asombro. Se ha terminado el de Faulkner y sujeta entre las manos *Exiliados*, de James Joyce.

Un puñado de mujeres a salvo

—¿Vamos a salir en la tele?

Me lo pregunta una chica de pelo azul que charla con la psicóloga a la entrada del Beatriz Galindo, un centro de acogida recién estrenado y destinado exclusivamente a mujeres. La chica del pelo azul me repasa con curiosidad, resumiéndome de dos vistazos secos y morosos. Mi presencia ha estropeado la improvisada sesión de psicología.

Yolanda, la directora, sale a recibirme. Le sobra experiencia a pesar de su juventud. Le falta seguridad a pesar de su fortaleza. Poco a poco voy ganándome su confianza, persuadiéndola de que no estoy aquí para airear trapos sucios de nadie. La primera tarea del periodista siempre consiste en remontar la fe de su interlocutor a partir del momento en que revela su oficio. Y lo entiendo.

El Beatriz Galindo es tan moderno como el Juan Luis Vives, pero su decoración manifiesta cierta delicadeza que nace de entornos exclusivamente femeninos. Una delicadeza que no inhibe la expresión del dolor pero la estiliza, la domestica un poco. Estancias y pasillos aparecen adornados con dibujos inocentes, fotografías de actrices empoderadoras como Julia Roberts, recortes de clásicos de Disney —el de *La bella y la bestia* resulta especialmente elocuente—, alusiones infantiles a la naturaleza o inquietantes reproducciones de autorretratos de Frida Kahlo. El panel que ordena las actividades de la semana es de una riqueza casi empresarial. Torneo de billar. Taller de música. Película cada miércoles y cada domingo. Los miércoles la película se elige por votación, y no por casualidad suele imponerse en las votaciones el género de terror. La ficción como exorcismo de lo autobiográfico.

Este centro pionero se abrió hace solo un año: lo estoy visitando en su segunda Navidad. «Se ponen más tristes en esta época. Se acuerdan de sus familias. Consumen más», confirma Yolanda. Actualmente residen aquí treinta y cinco mujeres —la plaza liberada por una usuaria fallecida recientemente se ocupa hoy—, lo que significa que el aforo está completo y que la iniciativa es un mayúsculo acierto. Otras quince viven en pensiones tuteladas desde aquí. El aforo, tan reducido en comparación con el Casi, permite avivar en cada una el recuerdo ya borroso de cómo ha de ser tratado un ser humano. «Llegan a través de la Puerta Única de Entrada del Casi, adonde las llevan los equipos de calle del Samur. Allí seleccionan a las que dan el perfil: adicciones, enfermedad mental grave, violencia de género. La mayoría reúne todos los requisitos a la vez. Para nosotras es un éxito que una mujer nos elija para salir de la calle, que quiera dormir aquí», explica Yolanda.

Yolanda viene de regar en el infierno. Durante años ha trabajado en la Cañada Real y en Las Barranquillas, tratando de que las mujeres prostituidas, golpeadas y drogadas por los matones de los clanes que tiranizan los poblados no se dejen ir mansamente hacia la muerte en medio de la indiferencia general. Así que nada le asusta ya. «Para mí esto es muy tranquilo comparado con aquello, sí. Aquí somos el primer peldaño para que un día puedan salir definitivamente de la calle. Damos tres comidas diarias, en horquillas horarias bastante flexibles. Pueden entrar y salir cuando quieran, pero a las doce de la noche se cierran las puertas y nadie entra hasta la mañana siguiente. Las que padecen una adicción más aguda no suelen quedarse: van y vienen. Pero hay otras que prefieren pasarse el día en la habitación. En cada habitación duermen cinco.»

Pregunto a Yolanda por el rango de edad, que oscila entre los treinta y cinco y los cincuenta y cinco años. Pregunto por la proporción de nacionales y extranjeras, que se distribuye en un setenta por ciento a favor de las primeras. Y pregunto al fin si se ha registrado algún deceso en este primer año de funcionamiento. Yolanda duda, pero no porque no lo sepa sino porque sabe demasiado. «Hemos perdido a tres... Una falleció en el propio centro: el covid se le complicó por graves patologías previas. La segunda murió de sobredosis. Venía de la Cañada Real. Y la tercera se marchó a Lanzarote, nos dijo que para visitar a su familia por Navidad. La familia nos llamó la víspera de su fallecimiento porque querían devolvérnosla. A la mañana siguiente la encontraron muerta. Eso nos dijeron.»

También aquí hay una sala de reducción del daño. Por ella han pasado hasta la fecha ocho residentes, pero no terminan de usarla con regularidad. Asiduas solo hay dos, lo que significa que el resto de alcohólicas bebe en la calle. Y la calle, para mujeres tan vulnerables, es la casa de todos los peligros. Los hombres que las maltrataron acuden a la puerta misma del centro a llamarlas, a esperarlas. «Es difícil de gestionar. Tenemos que empezar por trabajar el reconocimiento de su condición de víctimas, porque no la tienen asumida. No conocen sus derechos, pero tampoco podemos exigirles que denuncien. En la Cañada fui testigo de agresiones en la calle y luego veía a la pareja entrando en el centro como si nada, la mujer con su agresor. Aquí las acosan por teléfono, algunos se presentan con piel de cordero, con voluntad de colaborar, pero nunca los dejamos entrar. Y si hay que llamar a la Policía, se llama. No pasa nada. Este es un espacio seguro para ellas», se enorgullece Yolanda.

En el despacho de la psicóloga están atendiendo a Wendy. La atención psicológica es una prioridad del Beatriz Galindo, que cuenta además con un nutrido equipo de educadoras y enfermeras y auxiliares. Dos psicólogas por la mañana y otra por la tarde se encargan de tratar los graves traumas de las usuarias. Hay también una sala de emergencia que en origen se pensó como espacio adicional para la campaña de invierno, después se empleó para alojar a las contagiadas de covid y actualmente es una habitación más, de cinco plazas. La demanda no deja de crecer, la lista de espera nunca mengua y no está el espacio para desaprovecharlo. Por la puerta entreabierta atisbamos a una mujer joven en la penumbra. Se llama María. Al instante la oímos vomitar sobre la cama. «No me ha dado tiempo a llegar al baño», se disculpa. Yolanda saca de algún lugar un transmisor de color negro y llama a la enfermera mientras tranquiliza a María. «Últimamente se levanta con náuseas», me explica. Es usuaria de la sala de reducción del daño.

Rosita es la líder de las mujeres del Beatriz Galindo. Yolanda la conoció en Las Barranquillas. Era muy mala. Agresiva, intratable. Pero su pésimo temperamento respondía a un patrón estratégico de supervivencia en el ecosistema social más hostil de la ciudad. Rosita desafiaba a las trabajadoras que intentaban acercarse para ayudarla. Quizá temía humanizarse demasiado, perder la ferocidad indispensable para moverse por el poblado sin parecer una presa fácil. O quizá ya no reconocía ningún código institucional alternativo al instinto. Pero el carácter nunca lo perdió. «Le perdí la pista. Un día me llamaron de La Rosa, donde la habían acogido porque no había sitio en el Casi. Y me la traje aquí. Sigue ejerciendo la prostitución. Se expone a agresiones muy graves, pero al menos ahora empieza a abrirse y a contarnos cómo vive, qué le pasa, qué siente. Participa en las actividades. Incluso las organiza ella misma.

»Hoy no está en el centro porque está haciendo la calle. Tratamos de que se administre. De que no se lo gaste todo en alcohol y en tabaco. Fuma en todas partes. Necesita saldo en el móvil para poder quedar con sus clientes. Pero yo la veo mejor. Se pasea por aquí toda orgullosa con su pijama del Primark.»

Otro caso singular es el de Susana. Ronda los treinta años y tiene tres hijos. Viene de la Cañada Real. Yolanda pensó más de una vez que se moría allí. «La tuvimos que mover cinco veces hasta el hospital, pero se me bajaba del coche en marcha cuando comprendía que la llevábamos a desintoxicación. Yo pensaba que se nos iba. Cuando me trasladé aquí ella estuvo un tiempo hospitalizada, y cuando salió la animé a venir. Lleva más de seis meses con nosotras.

»En la calle el organismo adopta el modo de supervivencia. No vives, te defiendes. Y paradójicamente eso te mantiene vivo. Como ahora han mejorado sus condiciones de vida se ha vuelto más consciente de su dolor. Al principio se tiraba en el suelo del comedor a dormir: no estaba acostumbrada a la cama. Se escapaba a la Cañada en busca de droga, pero de momento siempre ha vuelto. Ahora no sale de aquí. Yo les decía a los del equipo que cada hora que pasa Susana en el centro es un triunfo. Y ahora es ella la que me dice: "Yoli, un día más". Y me guiña un ojo.»

Durante su primer año de actividad el Beatriz Galindo ha atendido a noventa y seis mujeres. Cinco han sido derivadas a una pensión; es decir, han progresado. Y muchas otras han alcanzado la autonomía suficiente para dar ese paso, pero no se atreven por miedo a la soledad. Piden acompañamiento para cualquier gestión y aún no se sienten capaces de afrontar la vida solas. Pero este no es un trabajo para impacientes. Mucho menos para ilusos. Poco a poco.

Me despido de Yolanda y me abren el grueso portón metálico de la salida. Traspongo el umbral del recinto y me alejo unos metros en dirección a mi coche. Entonces me vuelvo para calibrar la altura de los muros del centro de mujeres Beatriz Galindo. Parece una fortaleza asediada que recibe con cautela el mes de enero.

Jóvenes rescatados a tiempo

Hay una pensión en el barrio de San Blas que se alza como un refugio entre las olas del estrecho de Gibraltar y las calles en disputa de Madrid. Muchos de los que viven allí son chicos marroquíes, argelinos o senegaleses que cruzaron el mar en patera huyendo de naciones fallidas, buscando oportunidades a la medida de su juventud incontenible. La extrema derecha los llama *menas* —menores no acompañados— y profesa una fe pueril en su inclinación estructural a la criminalidad, que obedecería antes a su raza que a su posición social. Por eso el delito que comete un *mena* suele encontrar una amplificación políticamente interesada en las redes sociales, acompañada de la proverbial acometida contra los medios convencionales por no hacer su trabajo para que no los llamen racistas.

Ocurre en España y en todo el mundo. Sucede en el siglo XXI y sucedía en el siglo XI. El miedo al diferente viene de fábrica en la memoria tribal de la especie, y se transforma en odio cuando las noticias adecuadas caen como cerillas sobre la paja del prejuicio. La predisposición a incurrir en conductas antisociales o atentar contra la propiedad ajena siempre ha sido mayor en hombres jóvenes y pobres que en mujeres mayores y ricas, por ejemplo. Para corregir las inercias primitivas del *sapiens* se elaboraron los sistemas morales, de Sócrates a Jesucristo, y se generalizó el acceso a la educación. Pero basta que violen, quemen o roben en su barrio unos concretos delincuentes extranjeros para que se active el proceso metonímico de la culpa racial: la parte por el todo. Entonces el ciudadano del primer mundo, incluido el inmigrante integrado, y especialmente el proletario que no puede mudarse a zonas más exclusivas, se siente tentado de revocar en un segundo todas las lecciones aprendidas sobre el progreso de la humanidad. En ese segundo triunfa el visceral resentimiento si no se impone la pausa racional. Nadie dijo que la naturaleza humana fuera fácilmente reformable, pero cuentan con nuestra gratitud los miembros de la comunidad que trabajan para paliar sus peores efectos. Porque algunas veces lo consiguen.

La pensión, decíamos, es un refugio moderno, una estación de paso recién estrenada. Acoge a veinticuatro chavales en el marco de un programa pionero del ayuntamiento. El número de plazas asciende a cuarenta, y de momento queda espacio. De hecho hoy mismo se producirán tres incorporaciones. Tres nuevos inquilinos que deberán integrarse en el centro, y después en el barrio, y después en Madrid, y después en España. O no. La vida va de integración o apocalipsis, diría Umberto Eco. Aunque no hace falta ser brujo para pronosticar que el auge del problema migratorio desbordará pronto la capacidad de dotaciones públicas como esta.

Tampoco hace falta recurrir al fantasma del fentanilo

para constatar el creciente porcentaje de jóvenes entre la población sin hogar que se multiplica en las grandes urbes. Los trabajadores que están en primera línea de calle vienen reclamando más recursos específicos. En la última campaña contra el frío hubo que atender a más chavales magrebíes, marroquíes o argelinos que nunca. Cada vez llegan más menores de treinta años, perfiles que necesitan un tratamiento especial para evitar que queden atrapados en la red de asistencia. A esas edades se está a tiempo de conjurar el peligro de la cronificación, de la institucionalización.

El proceso para seleccionar a los candidatos pasa por el lugar de siempre: PUE. De la Puerta Única de Entrada del Casi, tras la entrevista de rigor para cribar los perfiles con garantías razonables de éxito, se derivan a San Blas. Vienen directamente de la calle o bien de algún centro de acogida de menores inmigrantes que los desaloja en cuanto cumplen la mayoría de edad para hacer sitio a nuevos menores llegados a las costas españolas. Muchos de los que están aquí acreditan estudios superiores, y todos expresan voluntad de integración, buscan trabajo y muestran buena conducta. No son virtudes personales sino requisitos administrativos. Porque nada conspira tanto contra la integración social, además de la xenofobia, como la utopía del aperturismo sin exigencia. La utopía es la antesala de la frustración.

Los chicos encuentran en esta pensión un régimen flexible aunque no exento de normas. No tienen que madrugar, no están controlados, se fomenta un espíritu de convivencia compatible con la máxima autonomía. A las doce de la noche queda prohibido hacer ruido, y si les cuesta se les explica que el barrio necesita descansar, y que respetar el descanso de los vecinos ayudará a que estos luego los traten mejor. Los sábados por la mañana se celebra la asamblea: conversan entre sí, conocen mejor a los educadores, se informan de trámites y servicios. Los educadores rotan de lunes a domingo, pero hay un mínimo de cinco a diario porque el nutrido número de actividades lo exige. Cada uno recibe doscientos euros al mes hasta que ellos mismos tramiten otra prestación o consigan un trabajo. Se trata de alejarlos para siempre de la calle asomándolos a una rendija de bienestar real, factible, ampliable. La escalera horizontal.

Aún no es mediodía y me siento con ellos en torno a la mesa del comedor donde desayunan a diario. No han bajado todos: alguno sigue remoloneando en la litera. Visten chándales vistosos, zapatillas de marca, camisetas nuevas. Cortes de pelo vanguardistas, estilo rapero. «Ahorran para comprarse ropa. Son coquetos, no aceptan ropa de caridad como los del Casi. También gastan en peluquería, como ves. Tienen bastante autonomía para administrarse», señala con su sonrisa irreductible Yolanda García, responsable de sinhogarismo del ayuntamiento. Alberto, uno de los educadores, explica que fijan objetivos individuales a cada uno de los chicos y los van evaluando, acompañando. Hacen lo mismo en la pensión de las chicas, que otro día visitaremos. Un servicio de catering proporciona desayuno, comida y cena, pero hay microondas en la cocina y nevera en cada habitación doble, con litera y armario. El baño es compartido, pero cada cual tiene llave de su cuarto. Y la pensión les ofrece la opción de sacarse el abono de transporte. Recordemos: la consecución de la autonomía personal como propósito rector.

Toda comunidad necesita líderes y la pensión de San Blas para jóvenes extranjeros sin hogar no es una excepción. El liderazgo se nutre de la confianza y la confianza nace de la comunicación. «Tenemos a un educador árabe que es un buen enlace: aquí el noventa y cinco por ciento habla árabe. Hay que tener en cuenta que muchos vienen de centros de Ceuta o Melilla, donde permanecen hasta que alcanzan la mayoría de edad. Tenemos algunos casos de adicciones pero no son muy fuertes, digamos que son trabajables», asegura Alberto. La idea es que pronto puedan acceder al centro de salud del barrio como un vecino más.

En torno a la mesa del comedor cada cual va presentándose por su nombre sobreponiéndose a la timidez o al sueño: Mohamed, Ibrahim, Ismael... Se dicen contentos de estar aquí porque algunos vienen de El Vivero de Vallecas. Este recurso no depende del departamento municipal de personas sin hogar sino del área de inclusión. Es un centro de acogida temporal para inmigrantes que están solos y en situación de emergencia: allí duermen hasta treinta en una sala. Nada que ver con esta pensión, donde hacen cursos de jardinería, de peluquería, de mecánica de motos. También practican deportes como boxeo o fútbol. Varios van a la mezquita cada viernes y hay uno que va todos los días. «Detrás de estos chicos hay un trabajo de años en instituciones del Estado que han venido encauzándolos y que se nota», reconoce Llamal, asesor del programa municipal para jóvenes sin hogar. Llamal habla árabe y hace de intérprete para aquellos que aún no han adquirido soltura con el castellano. La mayoría de ellos ya tiene un plan, un cauce laboral definido por el que han de discurrir sus primeros pasos como miembros de su sociedad de acogida. Aquí se les concierta cita para el registro de las huellas dactilares, que es la premisa administrativa para adquirir derechos de ciudadanía. Para impulsar el proceso de integración.

Ibrahim, por ejemplo, vivió en la calle cuando tuvo que salir del centro de menores que lo había acogido tras entrar ilegalmente en el país. Entonces no tenía papeles. Hoy quiere ser mediador para ayudar a otros chavales que atraviesan la misma situación que él superó. Dice que le gusta Madrid porque es una ciudad grande donde siempre pasan cosas. Confiesa que celebró la eliminación de la selección española de fútbol a manos de Marruecos en el último mundial. Cuando muestra orgulloso en el móvil el vídeo de su entrevista en la Puerta del Sol —donde se concentraron los hinchas marroquíes para festejarlo— con una reportera de Televisión Española, se extiende por la sala un murmullo de asentimiento guasón, sin malicia: se apresuran a matizar que España es su segundo equipo nacional.

No lejos de aquí se levanta el estadio del Atlético de Madrid. El fútbol no cumple con estos jóvenes sin hogar una función diferente de la que maman en casa o en el cole los niños españoles: procurarles un sentido de pertenencia a través de la épica deportiva. En esta pensión de mayoría magrebí se es del Barça o del Atleti, pero Seidu aclara que él es madridista. Quizá porque es subsahariano de Senegal. Quizá el desierto del Sáhara marca una frontera africana entre antimadridismo y madridismo.

Seidu, veintiún años, largo como un baobab, iba con España en aquella eliminatoria contra Marruecos. Habla frecuentemente con su familia a través del móvil. Es un muchacho serio y fuerte que mantiene rígida la mano izquierda cuando habla. Su piel es tan oscura que sus dientes emiten un contraste cegador cuando sonríe, aunque sonríe poco. Se queja de que los equipos de calle del Samur Social no le ayudaron porque él no era alcohólico. Se queja también de que no encuentra trabajo y de que ha visto mucho racismo. Otro secunda su observación y lamenta que la policía los pare constantemente por la calle. «Como tenemos cara de moro...», arguye en perfecto español. Hay quien viene del poblado chabolista de El Pozo. Allí, debajo de un puente, vivía Mohamed. En el gran centro de menores de la Casa de Campo vivió Achram, que como casi todos acaba de cumplir los dieciocho. Se siente aliviado de haber dejado atrás esa etapa, que resume en tres palabras: «Muchos líos allí». Pese a su juventud, Ayoub ha viajado por media Europa, si se le puede llamar viajar al nomadismo indigente. Probó en Suecia y en Bélgica, ha vivido con monjas y con delincuentes, presume de mundo frente a los demás. «Estar en la calle te ayuda», asegura. Una cicatriz reciente le cruza el puente de la nariz.

Ninguno de ellos lleva más de un mes en esta casa. Y lo ideal es que no acumulen muchos más. Enfundados en sus cazadoras relucientes responden a mis preguntas con curiosidad y educación. Uno me alarga su currículum, perfectamente maquetado y plastificado, por si puedo ayudarlo a entrar en la tele: no le importaría ser reportero. Maneja tres idiomas y ha hecho un curso de pintura y otro de enología, que ya es más de lo que acreditan no pocos tertulianos. A estos chicos los primeros compases de una vida salvaje no parecen haberlos maleado tanto como cabría esperar. Tanto como sospechan los xenófobos de guardia. Tanto como algunos de sus compañeros de viaje que no fueron cogidos a tiempo, o no quisieron cogerse de esa mano, o no encontraron mano de la que cogerse.

De su habitación en el primer piso baja al comedor un chaval nuevo y se une a la conversación. Es marroquí de Ourzazate, la bella ciudad roja al sur del Atlas. El antiguo linaje de los señores de las dunas pone una nota bereber en sus ojos claros. La charla se instala en el turno de ruegos y preguntas, aprovechando que al exótico periodista le acompañan la autoridad municipal y Alberto, el tutor de todos. Uno solicita ayuda para empadronarse en el distrito de San Blas. Otro pide que la policía deje de interrogarles todo el tiempo. Aquel quiere que le convaliden el graduado escolar, que ha traído impreso. Este pregunta por la tarjeta sanitaria (solo tres de doce dicen tenerla). Todos buscan trabajo. Pero ninguno se identifica con el estereotipo del sintecho. Se sienten modernos, vigorosos, preparados, con una vida nueva por delante.

Algunos, me susurra Alberto, están enganchados al hachís, pero no al alcohol. No quieren líos. Quieren una vida española. No se me ocultan las dificultades que encontrarán, pero estos doce chavales venidos del mar que conversan con sus educadores en torno a la mesa del desayuno en esta helada mañana del febrero madrileño componen una escena de insospechada armonía.

Una invitación al optimismo. Una constatación de la utilidad moral del Estado. «Parten de un estigma social del que son conscientes: la delincuencia asociada a los *menas*. Saben que pagarán los justos por los pecadores. Asumen que tienen que luchar por la vida y por la reputación», resume Yolanda.

Subo con Mohamed a su habitación, que acepta enseñarme. Tiene dos libros sobre la almohada, pero no alcanzo a ver los títulos. Apenas cabe la litera, la neverita y el armario. Mohamed comprende que este es un sitio de paso, uno más en su carrera de superviviente. La mayoría de edad representa para la gente como Mohamed un rubicón peligroso: el momento de abandonar el centro de menores y buscarse la vida desoyendo la llamada de la calle. Muchos no aguantan con los oídos tapados. Para actuar en ese ínterin decisivo se diseñaron programas de intervención como el que representa esta pensión del barrio de San Blas. Llegar tarde significará que potenciales ciudadanos de provecho, rescatados de la calle por una institución que los ha formado durante años, vuelvan a las andadas. Y se entreguen sucesivamente al robo, el narcotráfico, la adicción, el deterioro cognitivo, el envejecimiento prematuro y la mala muerte.

Cuando le pregunto a Mohamed si vino en patera, si tuvo miedo de morir en el mar, no me contesta y desvía la mirada. Así es como adivino que mis conjeturas son ciertas. Alberto me explica que muchos llegan también escondidos en camiones o autobuses. Y que otros no olvidarán las escenas vividas en las vallas de Ceuta o de Melilla. Pero enseguida puntualiza que sus sufrimientos no son comparables a los que sangran todavía en la memoria de las jóvenes acogidas en la pensión gemela, cuyas cuarenta plazas ya están asignadas. Porque no hay criatura más vulnerable en este mundo que una joven inmigrante tirada en la calle.

Es irresponsable militar en la abolición de las fronteras y proclamar que ningún ser humano es ilegal, porque sin control de fronteras ningún Estado democrático sería capaz de integrar las oleadas migratorias que convocaría: la sociedad que lo ensayase quedaría abocada al conflicto civil. Es inhumano deslizarse hacia la deshumanización del extranjero que escapa en condiciones miserables de una vida sin esperanza, porque una democracia que recela del mestizaje no dura mucho tiempo como tal democracia: sus ciudadanos han emprendido el regreso a la tribu y al orden de la selva. Es admirable el trabajo de cuantos entregan sus días, por vocación o por contrato, a darle al hombre lo que es del hombre y al Estado lo que es del Estado, aunque su esfuerzo se les antoje reprobable a unos, hipócrita a otros, insuficiente a ellos mismos e invisible a la mayoría.

En casa de un artista del hambre

Febrero es el mes más frío. Acaso hubo un tiempo en que lo aguantábamos mejor, o en que éramos más peludos, o menos quejumbrosos, pero lo cierto es que el hábito de la calefacción ha vuelto más insufrible la intemperie. Y no es que las personas sin hogar no sientan el mismo frío bajo su abrigo andrajoso y su piel callosa y su carne invariablemente amoratada: es simplemente que han perdido el hábito de quejarse. Quejarse es un verbo progresista que solo conjuga quien tiene resuelto eso que llamamos las necesidades básicas. Cuando no están cubiertas sucede que los policías tienen que llamar al Casi para que preparen bocadillos a la gente que encuentran tirada en la calle, que es gente que declara más hambre que frío. E inmediatamente la cocina del Casi se pone a preparar bocadillos.

Vuelvo al distrito obrero de San Blas para conocer a Jesús, que es artista. He llegado pronto y hago tiempo tomando un café en un bar cercano a su casa. En la barra un albañil en mono azul se atiza un orujo de buena mañana. Le espera quizá una jornada dura y quiere coger fuerzas. Afuera hiela y todo calor es bien recibido.

A la hora convenida llamo a la puerta del piso de protección que ocupa Jesús desde hace cuatro años. Esto significa que lo ha conseguido. Ha alcanzado la autonomía. Se ha emancipado de la rueda dentada de adicción e intemperie en que giraba, y los servicios sociales han reconocido su victoria entregándole una habitación propia.

Porque el piso no es mucho más que una habitación y un saloncito, pero Jesús lo ha personalizado con tanto esmero que nadie dudaría en llamarlo hogar. Las paredes decoradas con retratos al carboncillo y los muebles atestados de estuches de películas y figuritas de cómic delatan la presencia de un cinéfilo canónico, un consumidor paciente de iconografía pop y un dibujante sensitivo. Jesús es también un amante del rock: suena de fondo Aerosmith en una obsoleta minicadena. Viste de negro bajo un chaleco gris perla, y gasta una coleta del mismo color que el cenicero que desborda de colillas sobre la mesa. No ha terminado de apagar una cuando se lleva otro cigarrillo a los labios. Fuma negro y fuma también un denso tabaco de pipa que lía cuidadosamente y ordena en una pitillera plateada. Su voz ronca traspasa el humo como el faro de un tren viejo saliendo de un túnel.

Jesús ha pintado siempre. Ha pasado veinticuatro años pintando en el parque de El Retiro y tres delante del Museo del Prado. Ha pintado en París y en Alemania. Su padre era pintor y él fue el único de los cuatro hijos que heredó la manía del arte. No es que se sienta orgulloso de prolongar el tópico de la bohemia, le falta esnobismo para jugar a maldito de Montmartre y le sobra drama real, pero lo cierto es que sus problemas con el alcohol empezaron pronto y el matrimonio solo los empeoró. Tuvo dos hijos. «Fui yo el que cortó el contacto. No quería que supieran cómo estaba. Ahora me llevo bien con ellos, vienen a verme de vez en cuando.»

Antes de vivir en este refugio de tabaco negro y cultura popular Jesús pasó ocho años en la calle. Es una cifra crítica. Lo normal habría sido no salir ya. Y el que sale, como Jesús, se deja un grueso jirón de salud enredado en las patas de los bancos públicos. Él solía dormir en las marquesinas de autobús del distrito de Centro o de Retiro. Cambiaba frecuentemente de dormitorio para evitar agresiones. Por la mañana acudía a baños públicos para lavarse. «La imagen es importante. Hace mucho para que te compren dibujos. Puedo decir que nunca me abandoné, como veía abandonarse a otros. Me impuse la norma de que jamás dormiría en el suelo. Me decía que mientras no durmiera en el suelo mantendría la dignidad, que es lo primero que te quita la calle. Y lo cumplí.» Esa promesa de respeto contraída consigo mismo le salvó la vida. Pocas veces ha visto uno tan claro el vínculo escondido entre la estética y la ética, y entre la ética y la posibilidad misma de la vida humana.

Jesús no oculta el orgullo que siente por haber conservado la cordura mientras a su alrededor sus colegas de caballete callejero comenzaban a hablar solos. «En la plaza de Santa Ana conocí a un abogado del Estado que tenía momentos de lucidez, momentos en que te dabas cuenta de su nivel de formación, pero en general estaba zumbado.» Lo bueno de demenciarse por completo es que semejante estado aleja la tentación del suicidio: hace falta un mínimo de clarividencia para concretar el plan de finalizarse a uno mismo. Como Jesús nunca enloqueció, no pudo evitar las ideaciones suicidas. «Llegué a tomar la decisión. Estuve a punto de tirarme a las vías de Atocha desde la cuesta de los taxis, pero para matarse hay que tener valor», se excusa. Sin reparar en que se precisa mucho más valor para resucitar después de ocho años tirado en un banco.

Reunía un dinero a base de pintar, pero todo se le iba en raudales de alcohol. Y bebía tanto que perdía facultades, la mano le temblaba, los dibujos ya no salían igual. Cuando arreciaba el frío se esforzaba por ahorrar algo para pagarse una pensión: otro arduo hito de respeto por sí mismo. En El Retiro conoció a Fabiana, una argentina que vendía fotos en el parque y que hoy, doce años después, sigue siendo su novia. «Ahora está allí, en Argentina, pero hablamos todos los días. Conocerla me ayudó a salir de la calle. Ella es profesora y está ahorrando para regresar a España.»

La vida de Jesús expresa un violento claroscuro que él mismo reconoce. Con las palabras sencillas de quien no se ha parado a meditar estrategias para resultar interesante —lo es a su pesar—, afirma que ha pasado de la oscuridad a la luz y que no valoró la salud hasta que le rondó la muerte. De ahí sacó fuerzas para escoger vivir. Un episodio especialmente agudo de *delirium tremens* precipitó la toma de conciencia: fue un día que puso la radio y no entendía nada. Pasó cinco horas pegado al transistor tratando de descifrar unas voces que presuntamente hablaban en su mismo idioma.

A menudo el alcoholismo cataliza un divorcio y luego el divorcio agrava el alcoholismo. Es un círculo vicioso nada original y fue también el caso de Jesús. Por eso tiene que pellizcarse para creer que lleva de verdad un año y medio sin probar una gota de alcohol. Cuenta la proposición de Sergio, su custodio de los servicios sociales, que le prometió un almuerzo cada vez que lograra terminar tres dibujos en un mes. Funcionó, quizá porque Jesús estaba harto del menú del comedor social de la calle Alonso Martínez donde acudía a quitarse el hambre y donde Jesús conoció a Sergio. Allí le ofrecían plaza en un albergue. Pero el alma de artista de Jesús, irreductiblemente individual, no soporta los albergues. Probó primero una pensión durante un par de semanas, y viéndose capaz de seguir evolucionando por la escalera de la autonomía se apuntó a un nuevo programa del ayuntamiento, bautizado como Housing First. Consiste básicamente en facilitar un piso a quien ha demostrado capacidad para valerse por sí mismo sin recaer de continuo, en la esperanza de que el beneficiario desarrolle el celo de cuidar de su propio hábitat. Así es como Jesús llegó aquí. De este exiguo apartamento ha hecho una atalaya a pie de calle contra sus peores demonios, que ha dejado fuera. «Ahora hago un dibujo al día como mínimo», presume.

A Sergio lo nombraron coordinador y lo relevó Goyo, que es quien monitoriza ahora los progresos de nuestro anfitrión. De paso le ha encargado un retrato de su novia que Jesús está ejecutando con celo profesional y gratitud personal. «En la mili fui muy popular porque todos los compañeros querían que retratara a sus novias», ríe. Pero ningún artista que se precie regala su arte y menos Jesús, que es una pequeña leyenda en la red de asistencia pública de Madrid. A una concejala le cobró setenta euros por un dibujo. Le encargan las ilustraciones de los folletos de los programas sociales. Realiza los retratos de los galardonados en los premios municipales: él hizo el de Maribel, la directora del Casi. Y Yolanda, la jefa del área municipal de sinhogarismo, le ha prometido organizar una exposición en una galería de postín con una selección de sus mejores trabajos.

El cuerpo de Jesús es un lienzo apuñalado por las secuelas del vagabundaje y la dipsomanía. Colecciona cuatro trombosis que se extienden desde las piernas hasta el corazón, pero él se conforma con que el dolor del brazo aún le deje pintar. Tiene insuficiencia venosa y una pierna hecha trizas que arrastra a todas partes como bola de presidiario, con ayuda de una muleta. Hace un par de meses tuvieron que ingresarle otra vez y lo pasó regular. El trombo del pulmón redujo drásticamente su capacidad respiratoria. No podía caminar. Casi se muere. Dice que las inyecciones terminaban acumulándose en la vejiga, así que echaba el día en el retrete. La enfermera se resignó a que continuara fumando con tal de que no recayera en la bebida. Él se siente agradecido: «He visto cosas peores en la calle. Y yo mismo he estado tan mal que ahora no me quejo. Llevo bebiendo desde los doce años, pero se conoce que cogimos el hígado a tiempo. Debo de tener un hígado de categoría».

No guarda mal recuerdo de la pandemia. Para entonces casi estaba estrenando casa propia, así que se tomó el confinamiento como una oportunidad. La claustrofobia puede afectar al común de los mortales pero no a un veterano inquilino de las marquesinas. Aclimatarse a la normalidad de vivir bajo un techo propio le costó. Acostumbrado a la tensión de la supervivencia, al amparo de un piso experimentó cierta descompresión, una parálisis de la voluntad. Ni siquiera quería ver películas o escuchar música. Así que la pausa vital decretada por la irrupción del coronavirus venía a concederle tiempo y espacio. Podía pintar tranquilo y decorar con cuidado su novedoso hogar. Aquí recibe ahora la visita de sus dos hijos, que andan ya en la treintena. Uno es encargado de un casino y otro vigilante de seguridad. Ninguno de los dos bebe, ni siquiera cerveza. Su padre lo atribuye a que se impuso a sí mismo la regla de no beber jamás delante de ellos. No quería que sus hijos vivieran lo mismo que él había vivido con su padre, también alcohólico. «Quizá adivinaban que bebía, pero no me vieron beber. Yo aspiraba a darles al menos esa parte del ejemplo: en su presencia, no.»

Fabiola aún no se cree que su novio haya dejado el alcohol. Se lo pregunta todos los días porque sabe que ni cuando estuvo casado fue capaz de dejar de beber un solo día. Pero Jesús ha tenido la humildad necesaria y el orgullo indispensable. Ha pedido ayuda y ha sabido aceptarla. En su grupo de Alcohólicos Anónimos aprendió que esa dependencia sonaría siempre de fondo como el bajo continuo de su vida y que contra esa condición debía construir su identidad de hombre nuevo. «Hasta hace poco no podía pasar junto a la nevera de un supermercado. Empezaba a temblar de deseo. Y cuando recaía, al día siguiente bebía el doble para curarme la resaca. Es un círculo imposible. Pero lo peor es el mono cuando lo dejas, el mono físico pero sobre todo el mental. Ahora lo mantengo a raya a base de lexatines.»

Rockero al fin, Jesús no nos toleraría la cursilada de escribir que el amor al arte lo salvó. Pero no está nada claro que sea mentira. Entre sus avatares más nobles estuvo el de profesor de Bellas Artes en el instituto de La Paloma durante cinco años. Impartía las asignaturas de Dibujo y Pintura. Ha dado cursos por centros de todo el país. Y en sus peores horas, cuando debía acudir al comedor social para calmar el hambre que no apagaba el vino, llamó la atención del personal lo suficiente como para que lo ficharan en el taller de plástica del propio comedor. El problema es que había días en que no podía ni coger un lápiz.

El turista que está de paso por Madrid no sospecha la romántica escuela de bohemios que ha dado El Retiro. Jesús se acuerda mucho de Said, un colega árabe de enorme talento que escondía los botellines bajo el caballete. «Perdió la cabeza. Dejé de verlo por el parque. Y un día me lo encontré vestido únicamente con un saco en la plaza Mayor. El Retiro es todo un mundo. Allí conocí también a una estanquera que se autolesionaba con un cúter. Salió en la tele varias veces. Fue una pena tener que irme de allí, pero es que tenía que pagar doscientos euros al año por el permiso.» Ahora acaricia el proyecto de regresar al parque a plantar su caballete.

El estilo que más le gusta a Jesús, como creador y como estudioso, es el hiperrealismo. Tiene todo el sentido del mundo. Con la vida que ha tenido lo raro sería darse al expresionismo abstracto. Nietzsche afirmó que tenemos el arte para no morir de la verdad, pero cuando la verdad casi nos mata a diario se experimenta la necesidad de reflejarla con el mayor detalle posible. Precisamente para exorcizarla. Por eso Jesús pinta viejos desamparados, niños tristes con un chucho y mujeres greñudas, que es lo que ha conocido. Y además, para cumplir con la finalidad de evasión nietzscheana, pinta estrellas de rock, modelos voluptuosas o unos torazos totémicos que remiten a la simbología del coraje nacional. Pero siempre con un grado obsesivo de detalle, usando líneas claras, marcando gruesos contornos y expresiones tremendistas. Firma las obras con el apellido de su padre —Cossío— y un centenar de ellas están expuestas en su página de Instagram. Utiliza el carboncillo pero también el pastel. Dos técnicas idóneas para potenciar el verismo de la figuración.

Del miedo a la locura extrajo Jesús la voluntad para dejar el alcohol. «Comprendí que se me iba a ir la olla definitivamente si no hacía algo. Me asusté de verdad. Se lo conté a Fabi. Si a algo tengo pánico es a perder la cabeza. A partir de ese día empecé a desear de verdad dejar la bebida. Ahora además tomo Sintrom, que es incompatible con el alcohol. La verdad es que estoy hecho una pena.» Pero durante años ha dormido tres horas al día y ahora duerme seis. Reconoce que ignoraba que una persona podía descansar tanto.

Todo empezó por negarse a dormir en el suelo.

Han transcurrido unas semanas. Le prometí que no le fallaría cuando inaugurase su exposición. Y aquí está el artista del hambre, con su melena cenicienta hasta la mitad de la espalda y su colección de trombos en la sangre, disertando sobre la vida y sus milagros en la palestra de una galería ubicada en uno de los barrios más exclusivos de la capital: Justicia. El pintor de la academia de los parques, el superviviente de los bancos que se salvó por negarse a dormir en el suelo reina por unos días en uno de esos presuntuosos templos del arte contemporáneo habitualmente invadidos de esnobismo, impostura intelectual, charlatanería críptica y fortunas de última hora a la caza de legitimación estética.

Jesús no es un traficante de aspavientos ni un embaucador de la performance: él tiene la honestidad de saber dibujar. Pero la enunciación de su testimonio está resultando tan cruda —tan natural— que sin pretenderlo consuma un ejercicio de iconoclastia corrosiva en aquel entorno chic. Ciertamente la galería se apunta un tanto publicitario invitando a un sintecho a exponer en sus paredes (con la colaboración del ayuntamiento), pero tendrá que escuchar su historia. «Una vez perdí la cuenta de los días que llevaba sin hablar con nadie. En la calle pueden pasar meses sin que nadie te diga hola», cuenta Jesús. Y el público elegante de aquella blanquísima sala de exposiciones guarda un silencio penitencial.

Luego Jesús, apoyado en la muleta, basculando dificultosamente sobre su alpargata ortopédica, nos va guiando por el recorrido de la obra que ha seleccionado para esta exposición. Incapaz de palabrería, vacunado a golpes contra la tentación de la vanidad, el artista solo puede aportar información de circunstancias. Ese lo pinté en Barcelona, este en Zaragoza, esos otros en Madrid. Aquella escena es imaginaria, a ese viejo lo vi en la calle, este otro lo saqué de una fotografía. Salen muchos animales en los dibujos de Jesús —aunque sean palomas— porque está convencido de que los sintecho, a falta de personas que interrumpan su soledad con un saludo, sobreviven mejor en compañía de seres irracionales. Al protagonista se le ve feliz, un poco abrumado, se desempeña como centro de atención con una evidente falta de costumbre. Su sencillez es indeclinable.

De la muestra están ausentes los rockeros sudorosos y los desnudos sugerentes que me enseñó en su piso/estudio. Ha fiado a la melancolía el tono general de la selección, su coherencia triste. Explica su método, que opera aislando el gesto significativo de la figura elegida para el retrato, congelando al personaje en su ademán más expresivo. «Uno pinta como escucha música: en función de su estado de ánimo», declara. La técnica predilecta es el carboncillo, que enfatiza un claroscuro elemental y le permite sacar contrastes violentos, nacidos de la verdad de un malditismo al que le falta cálculo y le sobra experiencia. Jesús tiene la bohemia por castigo. Por eso pinta expresiones extremadas, niños que rompen a llorar o ríen con estrépito, enfadados con el mundo o extasiados ante un vestigio de belleza que nadie más ha visto. Ancianos ingenuos que parecen autorretratos por delegación. Mujeres a las que lamenta no haber conocido.

A mi lado alguien comenta: «La verdad es que un abogado no podría dibujar así».

La maldición de la segunda noche

Si uno le pregunta a un programa de inteligencia artificial por el distrito más peligroso de Madrid seguramente señalará a Usera. Y ciertamente Usera lidera el índice madrileño de criminalidad, aunque en los últimos tiempos aspira a una pinturera gentrificación por la vía de amontonar atelieres de artistas posmodernos. Muchos han decidido abrir aquí su taller, al amparo de las ínfulas bohemias y el ringorrango proletario, entre un comercio chino, un restaurante chino y una peluquería china.

Aquí acaba de abrir también una pensión para mujeres recogidas de la calle o a punto de quedarse en ella. La rapidez es la clave de un nuevo programa social importado de la política anglosajona, de nombre inequívoco: No Second Night. A una primera noche a la intemperie sobrevive cualquiera; al cabo de un par de semanas se han coleccionado ya algunas vejaciones imborrables; si transcurre un mes la calle perfora la capa de dignidad que nos recubre y allana el alma; al cabo de un año la mutación es irreversible y esa persona jamás vuelve a ser la misma: su memoria no se lo permitirá. Si el proceso lo sufre una mujer, el daño se multiplica. Se trata por tanto de localizarlas cuanto antes, antes incluso de quedarse en la calle. Se sabe que ese será su destino inexorable tras un episodio brutal de violencia doméstica, o por el acecho de las redes de trata, o por líos de drogas. O por todo eso a la vez, que es lo habitual. Acaban aquí después de pasar por donde pasa cualquier persona sin hogar de Madrid: tras ser evaluadas en la Puerta Única de Entrada del Casi.

Un trabajador social me contó la hipótesis que había elaborado acerca del género y la nacionalidad de los sintecho. Es un postulado cultural interesante. Según él, el sinhogarismo es un fenómeno más común entre las españolas que entre las extranjeras porque estas aguantan en casa extremos de violencia que las españolas ya no están dispuestas a aguantar: prefieren verse en la calle a seguir encajando palizas. De modo que no se sabe qué destino es peor, si la trampa callejera a causa de la autoestima nacional o si la trampa doméstica a causa de la sumisión foránea.

Antiguamente la administración ponía a disposición de estas mujeres recién rescatadas cuartos de pensiones y de moteles repartidos por toda la ciudad. Ahora se han dado cuenta de que proporcionar una experiencia compartida bajo el mismo techo y facilitar la convivencia en un espacio seguro dispara las probabilidades de sanación y reingreso en la sociedad. «Aquí tienen mucha autonomía, pero no están solas. Es el equilibrio que buscamos», me explica Susana, responsable de este recurso, mientras me guía por sus modestas y limpias instalaciones. La pensión está ubicada en una de esas calles que invitan a ver la capital de España como una yuxtaposición de pueblecitos con peor o mejor fortuna. Usera no sería de los potentados, y es feo hasta lo entrañable, pero el sol de esta mañana de marzo hormiguea como un ser vivísimo sobre sus aceras estrechas, animadas por el ajetreo de gentes industriosas que ni se dan importancia ni tienen tiempo que perder.

Se advierte pronto que la pensión acaba de ser reformada. Se parece más a una casa rural grande y sin pretensiones que a una pensión propiamente dicha, y esa era la idea. Las inquilinas que la habitan vienen de atravesar situaciones extremas, a menudo en su propia familia, y este sitio debe reemplazar aceptablemente el calor personal que perdieron hace siglos. Muchas llegan huyendo de las agresiones de su pareja y han agotado todas las alternativas de su red parental o social. Algunas acuden a Cáritas, desde donde se avisa a los servicios municipales para que se hagan cargo cuando los recursos de la Iglesia no dan abasto. Hay quien se presentó en España demandando asilo, huyendo de la violencia política en Honduras, Nicaragua, Venezuela o El Salvador. «A veces nos anticipamos a un desahucio o realojamos a aquellas que vivían hacinadas en un trastero», añade Susana. En estos momentos están alojadas treinta y tres chicas, pero ya no queda ninguna de las que estrenaron sus habitaciones hace menos de un año. El dato prueba el éxito del programa: aquí se recobran de su trauma en carne viva, encuentran ocupación, recuperan autonomía y salen listas para vivir en un piso tutelado o bien en el Beatriz Galindo si su condición aconseja prolongar cuidados más vigilantes.

Esa autonomía recobrada es siempre frágil al principio. Se colocan de internas en casas sin seguridad social o de limpiadoras sin contrato. Pero rara vez han vuelto —solo tres hasta la fecha—, y a base de un rabioso tesón algunas incluso han logrado dejar atrás sus empleos precarios y han encarrilado la remontada por la cuesta de la vida. Cuenta Susana que las adicciones al alcohol o a las drogas no se ceban con ellas tanto como con ellos, pero a cambio su salud mental es más precaria. Las ronda sin descanso el perro de la depresión o al menos el de la ansiedad, por lo que la atención psicológica adquiere aquí tanta importancia como la manutención. Los trabajadores sociales que atienden la casa cumplen un horario, pero el teléfono de emergencias está disponible incluso el fin de semana. Alguna crisis ha requerido intervención, pero el personal de servicios sociales asegura que impera un clima general de tranquilidad. Como mínimo de alivio, teniendo en cuenta sus pasados inmediatos.

En cada habitación duermen dos personas. La pensión está completa y la lista de espera es larga. En los estantes de la nevera se colocan cada día las raciones que prepara el servicio de catering contratado por el consistorio, pero ellas también se cocinan sus propios platos. La proporción de nacionales es claramente inferior: solo son el treinta por ciento. El nivel de rotación es alto —promedian cuatro meses de estancia en la casa— pero no hay un tope de permanencia establecido. Caso por caso. La prioridad es la búsqueda de trabajo, pero no siempre es sencillo porque aunque los perfiles se antojen parecidos, aunque todas sus historias sean desdichadas, cada una arrastra una desdicha diferente. Aquí vive por ejemplo una arquitecta palestina que no ha podido homologar su título. Tiene treinta y un años. Recaló en Argelia, tuvo que huir y de momento ha puesto su esperanza a cubierto en Madrid. Falta saber si germinará.

«La tendencia es a querer salir. Llegan tan rotas que necesitan un tiempo de adaptación. Luego, cuando han estabilizado su situación emocional, empiezan a cansarse de la convivencia con otras, anhelan una mayor independencia y las más preparadas se van», resume Susana. Lo cierto es que en este momento reina en la casa un silencio de biblioteca en exámenes. Algunas están en su habitación, otras trabajando o estudiando, o han logrado concertar cita en la consulta del médico. Fluye la calma, casi diríamos la paz.

El patio interior es el núcleo vital de esta casa, el que articula la convivencia cuando asoma la primavera. Para ser el claustro de un monasterio de barrio le faltan cipreses y vocaciones, porque ninguna de las mujeres refugiadas aquí son precisamente ajenas al mundo, el demonio o la carne. Pero ahora que marzo mayea y despunta el buen tiempo, este patio cobra su máximo sentido. Las chicas salen aquí a hablar, a practicar gimnasia, a exponer sus dibujos o a pintarlos, a cultivar su huerto urbano como hace Felisa, que es jardinera aficionada. Aquí orean al sol las heridas de un abuso infantil, el trauma adulto de la violencia a manos de sus parejas, la pesadilla del conflicto político en sus países de origen. Aquí también toma aire Aurora, gitana de familia de toxicómanos, privada de sus cuatro hijos, nómada por los albergues de la región. Pese a sus carencias educativas —apenas sabe leer y escribir—, Aurora va amaneciendo al fin a la tímida esperanza de un trabajo de limpiadora y a la condición jurídica de empadronada. Parece poco y es mucho, si uno sigue las huellas del camino que la trajo hasta aquí.

«Son frecuentes los intentos autolíticos. No están bien.

Tienden a buscar cobijo en hombres que las dañan aún más. Caer es fácil. Siempre se puede caer más. Y cuando ven que otras se van, que han logrado tomar las riendas de su vida, las que se quedan sufren bajones de autoestima. Al cabo de unos meses sin progresos visibles empiezan a desesperarse y se dejan ir», lamenta Susana. Su consuelo como responsable de la casa es que mientras permanecen en ella están seguras. Hacen la vida que quieren. Paladean eso que no podemos llamar felicidad pero sí ausencia transitoria de miedo.

Fátima se recoloca el velo y acepta enseñarme su habitación. Sobre la cama del cuarto sombrío y ordenado descansa el teléfono móvil, que está cargándose. Fátima me sonríe con timidez y cierra rápidamente, obediente a un pudor instintivo. Luego me siento a la mesa del comedor a conversar con Mayra, con Lourdes y con Jennifer. Y por supuesto con Karen.

Al principio me observan y se ríen, pero ninguna quiere hablar. No saben qué esperar exactamente de un periodista y las comprendo. No es que la presencia de Susana y del resto de trabajadores sociales las intimide —se percibe enseguida la gratitud que sienten hacia ellos: hay complicidad y cariño— sino que no quieren decir nada que quiebre algún protocolo imaginario. O quizá todavía se están aclimatando a un espacio compartido con normas flexibles que las invita a recobrar la extraviada facultad de decidir por sí mismas, en compañía de otras como ellas. Este no es un anónimo centro de pernocta, de esos que abren a las nueve de la noche y del que te echan a las ocho de la mañana. Algunas han pasado por eso y no lo echan de menos, aunque hay quien reconoce que el anonimato tiene sus ventajas. El precio del confort ganado aquí exige desprenderse de los hábitos salvajes y aprender a convivir.

Lourdes toma la palabra. Es cubana y se nota que le pesa un poco ser la mayor del grupo, de las mayores de la casa. Ha visto a chicas mucho más jóvenes recuperarse rápido y salir de aquí, rumbo a una vida de estreno. Para animarla ensayo un cumplido, le digo que los cubanos no envejecen nunca y al fin esboza una sonrisa. Lleva ya diez meses en la pensión. En presencia de Susana no modera su deseo de abandonar este sitio cuanto antes. Le encantaría regresar a su oficio de cocinera, que ejerció después de haber sido modelo, pero está de baja: no puede usar la mano izquierda. No puede usarla porque su novio, con el que regentaba un negocio de comidas, le amputó los dedos con un cuchillo de cocina. Tuvo que cerrar la empresa por incapacidad laboral. Ella no lo cuenta, claro. No revivirá aquello delante de un desconocido. Me enteraré después por Susana, cuando le pregunte por qué Lourdes escondía el brazo debajo de la mesa mientras hablaba conmigo.

Mayra es colombiana y solicitante de asilo. Espera recibir pronto el permiso de trabajo que le permita salir a ganarse la vida. Afirma convencida que trabajará en la Cruz Roja. Le pregunto si le gusta el barrio y dice que los chinos son majísimos. Y que hay latinos también. Se siente a gusto en Usera. No revela de qué huía en Colombia pero me lo puedo imaginar. La vocación de enfermera florece en el dolor, propio o vecino, igual que los bombardeos acaban fabricando diplomáticos.

Jennifer tiene veintidós años y es guapísima. En sus

circunstancias se comprende bien la idea de la belleza como maldición que formularon los poetas románticos y después perfeccionaron los simbolistas: es evidente que a Jennifer tener esa cara no le ha ayudado a ser feliz. Lleva cuatro meses aquí y habla entre poco y nada. Se limita a clavarme sus ojos enormes y tristes como lunas. Con esfuerzo, un poco abrumado por su lento parpadeo insostenible —y por la sospecha de tantas razones acumuladas para callar y mirar—, logro averiguar que busca trabajo de peluquera. Que dejaron de llamarla de aquel local con pretensiones de centro estético donde se colocó por un tiempo. Y que tiene un plan: mudarse a uno de esos nuevos pisos para jóvenes que el ayuntamiento proyecta abrir con ayuda de los fondos europeos. Cuando se imagina en uno de esos pisos, a Jennifer se le dibuja una enorme sonrisa luminosa. Y fugaz.

Luego está Karen. Veinteañera también, hondureña. Invencible. Hace tres meses que el Samur la encontró durmiendo en el aeropuerto de Barajas. Llevaba allí tirada dos semanas. Ahora tramita su empadronamiento mientras extiende las alas y ensaya el despegue de su espíritu de ave fénix. «En las emociones se basa la vida de las personas. Yo estoy emocionalmente bien. Aquí no tengo a nadie, pero he visto a mucha gente peor y hay que ser agradecida. A veces basta con un consejo, con un abrazo...»

—¡Yo te he dado uno esta mañana! —protesta Lourdes.

Karen le tira un beso a la cubana y se explica: «Aquí somos una familia. Somos disfuncionales, pero nos queremos». Luego, resuelta a derrotar el laconismo que reina a su alrededor, se apodera de la palabra y de la atención general. Por algo quiere ser periodista: se expresa realmente bien. Quizá demasiado. Su elocuencia la sobrecualifica para un oficio cada vez más visual y menos narrativo.

«En Honduras la gente trabaja para el día, para salir adelante una jornada más. No tienen ambiciones. Yo trabajaba en una fábrica de arneses, con mi contrato y mi seguridad social. Me fui porque tenía aspiraciones y porque las mujeres no tenemos derechos en Honduras. Allí a las chicas las reclutan las pandillas. Si les gustaste te llevan a la fuerza. Yo supe que iba a echar a perder mi vida. Ahora le digo a mi mamá que voy a traerla aquí para recompensarla por todo lo que hizo por mí y mis seis hermanitos. No me llevo bien con ellos porque hacen sufrir a mi mamá y yo les reclamo y ellos se enojan. Pero ganaré mucho dinero y volveré allá y les daré una buena vida a todos.»

Karen es inquieta y sensitiva. Se ha apuntado al taller de arte que organiza una asociación de voluntarios. Suya fue una de las maletas artísticas de la exposición que pude contemplar en El Retiro. En lo que dice y en cómo lo dice interviene una grave autoconciencia, una insospechada vocación de importancia que arde en deseos de transmitir. Su fraseo es fluido y musical, resbala suavemente como la luz por la espalda de una venus anónima, rodeada de sombra. A veces interrumpe el relato con una carcajada estridente que funciona como un contrapunto kitsch de la desgracia, ese reír por no llorar de nuestras abuelas.

No aporta demasiados detalles. Ellas nunca lo hacen. Saben que sabemos que no pocas de las treinta mujeres cobijadas en esta casa de Usera han ejercido la prostitución, y que si han dejado de ejercerla es porque fueron rescatadas al borde mismo de la noche. De la segunda, de la tercera, de la cuarta noche. Sabemos que todas, en diversos grados, han conocido la violencia, la vejación, el escarnio, la miseria y el abandono. Sabemos que algunas logran salir de todo eso como sale ahora Karen de la pensión, desafiando al viento de marzo con sus medias de rejilla y sus escuetos *shorts*.

—¡Te vas a constipar! —le advierte uno de sus protectores municipales.

Karen se gira rápida. Deja escapar una carcajada de suficiencia segundos antes de esfumarse en el umbral:

—¡Soy hondureña!

El corazón monástico del Casi

Me espera sor Antonia en el recibidor. Como indica su tratamiento, sor Antonia es monja. Pertenece a la orden de las Hijas de la Caridad, cuyo carisma fundacional también viaja a las claras en el nombre: se dedican a ayudar a los pobres. Por eso el ayuntamiento de Madrid las eligió para externalizar el servicio. Desde entonces, desde el origen mismo del Casi en plena posguerra, un puñado de Hijas de la Caridad ha vivido entre estas paredes. Antaño formaban una comunidad numerosa, porque la labor era ingente y el sistema de prestaciones públicas se hallaba en estado embrionario. Lógicamente el número de monjas ha decrecido en proporción inversa al desarrollo del Estado del bienestar. Ya no vive ninguna de las pioneras —Ramona, Carmen, Dominga y Emiliana—, pero la memoria oral de su obra de misericordia se ha transmitido fielmente hasta las cinco hermanas que resisten hoy.

—¡Félix! ¡Que te vas a coger un catarro! —le espeta Antonia a un residente que pasa delante de nosotros dispuesto a echarse a la calle con lo puesto, que es más bien poco. Pero Félix continúa su camino hacia la puerta, seguramente fiado a la virtud calorífica del vino.

Antonia hace cabeza en la pequeña comunidad religiosa. Me conduce hasta el corazón de este centro singular («el más grande de Europa», insiste con orgullo). Recorremos varios pasillos, subimos unas escaleras, giramos a izquierda y derecha y alcanzamos el núcleo monástico del Casi. Porque el Casi es una dotación laica que ha crecido en torno a un convento primordial encerrado en su interior.

Una gruesa puerta blanca separa las estancias conventuales del resto del edificio. «No tenemos timbre, como ves, porque estarían llamando todo el rato. Si no cerráramos con llave se meterían constantemente. Pero ellos saben que les abrimos cuando lo necesitan.» Esta puerta blanca es una frontera espaciotemporal. Cuando la cruzo ingreso en un ámbito luminoso, limpio, cálido, decorado con tanta modestia como esmero. Es eso que llamamos un hogar, y un hogar es el producto de un espíritu sano antes que una determinada distribución del espacio. Es justo lo que les falta a los inquilinos que viven al otro lado de la puerta.

Cuenta Antonia que lleva cinco años aquí y que antes eran ocho hermanas. «Esto es una vocación y hay pocas vocaciones», lamenta mientras me pasea por la cocina, el comedor y la sala de estar y me señala las ocho habitaciones de que consta esta suerte de beaterio urbano. En la sala de estar sor Benedicta está leyendo el *ABC*. «¿Si hay mucha labor aquí? ¡Si una quiere no para! Yo llegué en 1996. Por entonces ya no quedaba ninguna de la época de la fundación pero todas hemos oído hablar de ellas y de cómo fue su experiencia. Las cosas han cambiado mucho. Por aquel entonces no había necesidad de tanta seguridad, pero ahora al alcoholismo se le ha añadido el problema de la droga. Yo ahora percibo un deterioro mucho mayor entre los usuarios. Antiguamente había varios que habían nacido y crecido aquí. Recuerdo por ejemplo a Agustín Cebellín, que con sesenta años presumía de haber nacido en el Casi y no quería marcharse de ninguna manera. Hoy vive en una residencia. Ahora se trata de que no pasen aquí toda la vida.»

En la capilla —recogida, moderna, forrada de madera, blindada de silencio— se dice misa cada día. Hasta la pandemia se acercaba a oírla una decena de usuarios, sobre todo los domingos, pero últimamente han perdido feligreses. «Venían los que mejor estaban, y muchos de ellos se han ido a pisos. Otros no pueden subir las escaleras para llegar hasta aquí. También les cuesta a las hermanas», reconoce Antonia, que tiene setenta y seis años, los mismos que Vicenta y Ángela. Carmen ha cumplido los ochenta y cinco y Benedicta es la más veterana con ochenta y ocho. La escalera interior que conecta los dos pisos representa un himalaya cotidiano para las fatigadas piernas de las hermanas.

Caldeada, acogedora, escrupulosamente pintada de blanco sobre el que destaca mejor el verde numeroso de las plantas puntualmente regadas. La residencia de las monjas del Casi —sin ser nada del otro mundo— produce por contraste con la circunstancia de los sintecho una sensación física de bienestar. «Cuando vienen aquí se sienten mucho mejor, y yo les propongo que hagamos lo mismo en las zonas comunes del centro, me presto a decorarlas con ellos, pero es imposible...», se entristece Antonia. La terraza está algo más descuidada. Tiene un lavadero cubierto por un techo de uralita y unos toldos desgarrados que llevan años rogando reparación. La llegada de la primavera ofrece una oportunidad para acondicionar la terraza al tímido sol de este abril madrileño. Pero no parece que las hermanas quieran aprovecharla. El frío en invierno y el calor en verano condenan el uso de este espacio algo destartalado, única excepción a la pulcritud general del convento.

Las Hijas de la Caridad reclaman para sí la iniciativa fundacional del Casi. La proliferación de mendigos perseguidos por la ley de vagos y maleantes estimuló su reacción espiritual, concertada luego con el ayuntamiento. El cuarto voto de la orden obliga a servir a los pobres, y no hay premisa más eficaz para servirlos que irse a vivir con ellos. La fórmula jurídica que regula la relación entre la orden religiosa y la administración municipal es el convenio de colaboración, aunque no siempre está claro el deslinde entre la propiedad consistorial y el usufructo monjil. Por ejemplo, la sala de ordenadores. Se quejan las hermanas de que los funcionarios no les facilitan el código necesario para poder usarlos. Y eso que Antonia es trabajadora social además de monja: quiso profesionalizar su vocación para resultar más útil. «Hay gente que no entiende nuestra tarea. Nosotras aportamos una cosa muy importante: la permanencia. Los conocemos y nos conocen. Estamos pendientes de su medicación, de la ropa que necesitan. Saben que estamos allí, con ellos, cada día.» Antonia, de hecho, duerme pegada a una habitación de tres literas, pero relativiza las molestias por el jaleo ocasional que llega del otro lado de la pared. «¡Los controlo hasta durmiendo!», presume.

El solar del Casi no fue elegido al azar. Se ubica en un lugar estratégico, en pleno centro urbano pero a prudencial distancia de los bloques de pisos que se levantarían años después. Ha conocido dos grandes reformas. La más ambiciosa se acometió con la ampliación en 1996, cuando el complejo creció a lo ancho y a lo alto, incorporando un tercer piso. La residencia originaria de las Hijas de la Caridad, sin embargo, no se tocó. Cuenta con acceso directo a la calle a través de una pesada puerta metálica que conecta la acera del paseo del Rey con el recibidor de la planta baja. Aunque comparten tabique, entre el convento y el centro hay una cesura estética. Quizá también espiritual. Es la diferencia entre trabajar en el Casi o considerarlo tu hogar.

Me siento en la sala de estar con Antonia, Ángela y Vicenta. Custodian la memoria espiritual de un centro al que Antonia llegó desde Salamanca, donde las Hijas de la Caridad fundaron varias instituciones sanitarias. Ella evoca con nostalgia los tiempos en que los hospitales nacían de iniciativas religiosas. «La sanidad pública era nuestra», añora. Pero es consciente de que la secularización es la premisa misma del Estado de bienestar, es decir, del desarrollo democrático moderno. Lo cual no resta valor a su testimonio: estas monjas han asistido de primera mano a la evolución del fenómeno del sinhogarismo a lo largo de varias décadas.

«Hace veinte años el perfil del acogido era distinto. Venían madres embarazadas que daban a luz aquí mismo. Muchas eran alcohólicas. Entablábamos con ellas una relación más directa, familiar. Entonces todo dependía de nosotras y ahora ya casi no tenemos competencias propias», reconoce Ángela, que lleva dieciocho años en el Casi. Antonia la interrumpe para matizar: «Pero nos siguen llamando hermanas o madres. Yo bajo muchas tardes a jugar al dominó con ellos. Seguimos siendo una referencia moral, vivimos con ellos, nos ven a todas horas». Y cuenta el caso de Mónica, que anda leyendo una hagiografía de san Vicente de Paul —el sacerdote francés que fundó la orden de las Hijas de la Caridad en el siglo XVII— y pregunta qué tiene que hacer para meterse a monja. «Yo le digo que tiene mucho que desaprender. Mónica, como tantas otras aquí, ha llevado una vida terrible. Terrible. Eso sí: jamás nos han faltado al respeto. Incluso nos defienden. ¡Ellos a nosotras! Nos dicen que no salgamos por ahí solas, que hay gente muy mala. Incluso Pedro, el de la metadona, el que quemó el coche del Samur, me llamó guapa un día», ríe. Asegura que la sala de reducción del daño ha contribuido a ralentizar el deterioro de los alcohólicos. Pero ni borrachos se meten con ellas. Incluso las saludan con cariño desde el banco de la acera de enfrente, que es el bebedero más socorrido para los usuarios perezosos.

Desconcierta un poco la naturalidad con la que las hermanas rememoran hechos atroces. Cuentan que ayer mismo se cortó el cuello un «acogido» (ellas no dicen «usuario»). «Era un joven de color. Fuimos a verle y le calmamos. No fue fácil porque es fuerte y tiene un carácter agresivo: le dan brotes. Intentó agredir a los vigilantes. Muchos necesitan medicación, se medican mucho más. Antes se cortaban las venas con mayor frecuencia. Venían a nosotras con los brazos sangrando para llamar la atención. Lo hacían mucho los sidosos. Hubo dos que se tiraron por la ventana. Uno murió», recuerda Ángela. A Antonia se le quedó grabado el caso de Esteban, que se abrió las muñecas con una navaja el día de Navidad de 1996. Ella acababa de llegar al centro. Acudía a verlo a su habitación y Esteban la llamaba madre.

Pero también hay casos edificantes. Como el de Carlos, que incluso ha ganado un premio literario. O Jesús, que hace poco logró plaza en un piso tutelado en Arturo Soria. O aquel gitano agonizante que rechazó la ambulancia porque el Casi era la única casa que había conocido y murió media hora después.

Las hermanas confiesan que se preocupan especialmente por las mujeres del centro, porque más allá de la menesterosidad general ellas tienen necesidades que los hombres no tienen. Esas necesidades se resumen en una: espacio propio. Un cierto ámbito de intimidad o de seguridad que no proporciona fácilmente un centro mixto con casi tres centenares de plazas. Ocupadas por personas que perdieron la capacidad de cuidar de los demás; personas que ya no son malas ni buenas porque sencillamente han descendido de categoría. Kierkegaard diría que han pasado del estadio ético al meramente estético.

La diferencia moral entre un activista en favor de los derechos humanos y una monja es que la segunda nunca renunciará a la objetivación de la culpa en nombre de la empatía, que una monja continúa llamando caridad. Quiero decir que las hermanas compadecen al pecador, pero no transigen con la naturaleza diabólica del pecado. Se siguen indignando cuando constatan los robos incesantes —sobre todo de teléfonos móviles— entre residentes, cuando fuerzan las taquillas para afanarle a otro infeliz cualquier quincalla, cuando se empeñan en enseñarle a una provecta representante de la vida consagrada cómo se burla la clave de un candado.

Fueron ellas las primeras sorprendidas de que la pandemia no se cebase con sus vecinos de inmueble. Solo son capaces de recordar dos muertes. Opinan que el protocolo sanitario se implantó con éxito. Como ellas mismas eran personas de riesgo, se limitaban a preparar la ropa y la comida para que el personal auxiliar se encargara luego de hacer el reparto por las habitaciones. Ha pasado el tiempo y sabemos que la memoria tiende al relativismo. Pero fácil no tuvo que ser. En aquellos cuartos de cinco o seis camas, todas ocupadas, el confinamiento debió de provocar picos de angustia inaguantables cuando al efecto psicológico del encierro se le sumaba la desesperación física del síndrome de abstinencia, y cuando el más cuerdo estaba obligado a compartir metro cuadrado con el psicótico menos paciente. A ese minucioso infierno cotidiano solo se puede asomar uno con un pálido esfuerzo de la imaginación.

Entre las tareas asistenciales de las monjas del Casi se cuentan el acompañamiento hospitalario, las visitas a los ingresados, la administración del botiquín o el auxilio en la enfermería, donde echan una mano con las curas. Pero no están formalmente obligadas a ninguna de esas labores: las hacen por vocación. «Antes teníamos una tabla de tareas asignadas pero se fueron reduciendo. Ahora prestamos ayuda cuando nos la piden. Siempre estamos disponibles», explica Antonia. Sienten que los vínculos con los acogidos ya no sean tan fuertes, en buena medida debido al alto grado de rotación. El Casi alberga a veteranos que llevan muchos años aquí pero también a una amplia población flotante, porque el tráfico de entradas y salidas es permanente.

La noción del prójimo de las religiosas es ajena a toda abstracción. No archivan perfiles sino caras, historias andantes, partículas de daño diverso soldadas a una desgracia que en cada persona sin hogar lo es a su manera. Los nombres se les agolpan. A Belmont —un hombre cojo de raza negra, padre de dos hijos, que habla cinco idiomas y se emborracha habitualmente hasta derrumbarse— suelo encontrármelo por el paseo del Rey. Camina dificultosamente apoyado en la muleta, a la búsqueda diaria de su dosis, con la vista clavada en el asfalto o perdida por encima de los tejados. También conozco a Rosa María, que se apostaba en el poyete del acceso a la estación. Ya no me la encuentro allí porque a petición de los vecinos el ayuntamiento ha instalado una estructura de metal en forma de dientes de sierra que impide sentarse. Un poco como esas agujas disuasorias con las que erizan las cornisas de los monumentos para que no se caguen las palomas.

Rosa María es una líder revolucionaria. Cuando el vino la arrebata en plena calle se pone a disertar a voces sobre el Che Guevara y la Pasionaria. Cuando entra en trance declamatorio nadie la intimida. Se la puede oír claramente desde un sexto piso. Sus acompañantes varones, tres o cuatro que siempre la rodean, reconocen sumisamente su autoridad y la escuchan aturdidos con un cartón de vino en la mano, sin atreverse a contradecirla o a sugerir formas alternativas de organización social que no asuman la premisa de un baño de sangre. Ahora mismo está sancionada por la dirección del Casi

—como corresponde a la Rosa Luxemburgo de Príncipe Pío— pero allí aseguran que volverá.

A veces el Casi recibe la visita de algún colegio y las monjas hacen las presentaciones entre la chavalería y los sintecho. Es como conectar el polo de la virginidad con su opuesto, y lógicamente surge el chispazo. «Se quedan fascinados oyéndoles contar sus vidas. Les hacen muchas preguntas. Es una experiencia muy educativa. Es que esto engancha, ¿eh? Este centro en concreto. Cuando escuchas a las personas que viven aquí, cuando les dedicas tu tiempo y tu atención, ellas se dan cuenta y te lo agradecen de un modo muy especial», sonríe Antonia. Ella es toda una autoridad en la materia: lleva enganchada a los pobres casi ocho décadas. Pero le preocupa la deriva de los últimos años. Llegan más de todo: más extranjeros, más españoles, más jóvenes, más mujeres, más enganchados a las drogas, más trastornados, más lisiados en silla de ruedas y más dependientes de oxígeno.

Tantos años después la sensibilidad de Antonia y sus hermanas no ha perdido finura. Cada poco una desgracia nueva vuelve a impresionarlas. Hace poco fue un joven africano que al tratar de saltar la valla de Ceuta sufrió un accidente y se quedó paralítico. Aún no se ha atrevido a contarles a sus padres que se ha quedado en silla de ruedas. Les dice únicamente que lo consiguió, que vive en España. Pasó por el hospital de parapléjicos de Toledo, pero nada pudo hacerse para que volviera a andar. Y el muchacho no lo acepta. La rabia lo ha invadido por completo y la libera lanzándose a carreras temerarias por la calle o chocando contra las paredes del centro, arrasando con lo que encuentra a su paso. Hay también quien logra reconciliarse con su situación y sale adelante, como aquel otro chaval que llegó en patera y perdió un ojo por el camino; ahora luce uno de cristal y ha encontrado trabajo.

Camus escribió que es imposible comunicarse con un ser esclavizado, y que la servidumbre humana hace reinar el más terrible de los silencios. Las monjas del Casi saben que la caridad comienza siempre por entablar un diálogo, por derribar el muro de la incomunicación. Quizá por eso a Antonia le frustra un poco el caso de aquel hombre de nacionalidad china que en el avión con destino a Madrid sufrió un ictus y perdió el habla. En el hospital no lograron devolverle la voz. Ingresó en el Casi, pero no volvió a oírsele una palabra hasta que murió el verano pasado. Las monjas afirman que las saludaba a su manera, articulando unos sonidos que nadie más entendía, quizá una coloratura sublime que transportaba la música de la gratitud.

Hay una mujer que es leyenda del asistencialismo madrileño confiado a las Hijas de la Caridad. Pura Costas nació en Vigo en 1933 y vino a Madrid a ocuparse de los intocables. A sus noventa años lo recuerda todo, especialmente sus años de lucha solitaria contra el sida cuando en esa palabra viajaba una condena a muerte. Pero ella afirma que fue muy feliz sirviendo en aquella guerra. «Al principio los ayudábamos a morir. No hubo nada que hacer hasta la llegada de los retrovirales. Los limpiábamos, los alimentábamos, los bañábamos cuando nadie quería tocarlos. Necesitaban todo tipo de cuidados», relata con voz clara y memoria firme.

Sor Pura vivió una década en el Casi, desempeñando la misma responsabilidad que hoy recae sobre sor Antonia. Se hizo un nombre entre los presos de Carabanchel, que la apodaron Sor Lagartija porque se metía en todo, llevada de su inquieto compromiso. A principios de los ochenta las Hijas de la Caridad abrieron la primera casa para enfermos de sida de España y sus superiores la mandaron al frente vírico. Eran nueve pioneros: cinco hombres y cuatro mujeres para contener aquella misteriosa y letal epidemia. La casa estaba al pie de Torrespaña —ese embravecido bálano de hormigón que los madrileños llaman El Pirulí— pero nadie podía saber de su existencia. Asistir a sidosos era una actividad clandestina en aquel Madrid de la naciente Movida donde el avance del VIH fomentaba la paranoia más histérica. El estigma social cursaba con una intransigencia nutrida a medias por el pánico y la ignorancia. Se creía que se contagiaba por el aire. Así que Pura hizo un pacto con los médicos: cuidaría allí a los enfermos con la condición de que murieran en la cama de un hospital. El escándalo de las muertes en la casa habría destapado su naturaleza de sanatorio secreto y el vecindario los habría echado de allí.

Vio morir a muchos, casi todos jóvenes, tatuados con el amor de su madre o el distintivo de su tribu urbana. «Yo les obligaba a que se cubrieran los tatuajes con un jersey para que no llamaran la atención del vecindario. Morían sin que se pudiese hacer nada. Teníamos una furgoneta e hicimos muchos viajes de ida al hospital. Ellos sabían que se iban a morir. Recuerdo a una chica —al pronunciar su nombre, tantos años después, todavía se le quiebra la voz—, se llamaba María Dolores.

Recuerdo que apoyó su cabeza en mí el día que la estaba llevando al hospital para que muriese allí y me dijo que sabía que se moría, pero yo se lo negué, le dije que se iba a poner buena. ¿Qué otra cosa podía decirle? ¡Eran todos tan jóvenes!», suspira Pura, que en su caso es un nombre parlante. Pura de corazón.

No solo atendía a los enfermos sino también daba conferencias y charlas sobre el sida y sobre los métodos para prevenirlo. Era una religiosa luchando en las filas de la ciencia contra el bando de la superstición, cosa que ha ocurrido más veces de las que un cicatero anticlericalismo quisiera reconocer. «Yo les decía a los jóvenes que tenían que ponerse el preservativo. Algunos en la Iglesia se rasgaban las vestiduras, pero yo siempre he sido muy libre. Y sabía que el preservativo podía salvar vidas. Gracias a Dios, hoy la gente tiene más cuidado.»

Pura se despide de mí con un abrazo «envuelto en oraciones». Quizá sus oraciones sean también una forma de profilaxis espiritual.

Las espinas de La Rosa

En uno de sus poemas se pregunta Baudelaire qué buscan los ciegos en el cielo. Sus ojos se descontrolan hacia arriba sin poder ver, anota el poeta. Es una imagen angustiosa que se me impone cuando paso por delante del jardín del centro contiguo al Casi, que se llama La Rosa. A menudo, si el tiempo es bueno como en este estertor de abril, descubro allí a algún usuario sentado en su silla de ruedas con la vista perdida en el infinito. El tiempo pasa y él continúa inmóvil, vegetativo, tratando acaso de comprender y comprenderse.

La Rosa es un centro de choque. Fue narcosala en los noventa: un lugar pensado para acotar la adicción de los sintecho. Las narcosalas fueron los precedentes industriales del modelo actual de salas de reducción del daño, manejables y personalizadas como la del Casi. Aquel era un sistema menos pendiente de lograr su rehabilitación que de minimizar el trastorno a los vecinos. En 2020 se culminó la reforma que lo ha convertido en una dotación moderna, especializada en ofrecer refugio a los recién rescatados. «Nuestro perfil de usuario es el más deteriorado. Para ellos somos la primera toma de contacto con la red de asistencia. El primer enganche para sacarlos de la calle», explica Mario, que lleva un año al frente de esta renovada institución vecina del Casi. Él mismo es un hombre joven, con la nariz anillada y el desaliño indumentario propio de un activista urbano antes que de un director de centro con horario de diez a seis, más un fin de semana de guardia al mes. Pero cualquier aspecto es oportuno cuando tu trabajo es una vocación y tu móvil está disponible veinticuatro horas al día.

El contraste entre la modernidad de las instalaciones y el deterioro de sus destinatarios nunca deja de impresionarle a uno en lugares como este. El tablón del vestíbulo anuncia un programa muy completo de actividades: cine, yoga, excursiones, teatro. Las habitaciones tienen tres literas y cinco duchas, además del retrete común al final del pasillo. Hay sala de reducción del daño, sala de curas, enfermería, salón multiusos, comedor y una espaciosa terraza ajardinada con huerto urbano y cheniles para alojar perros, cuando los haya. Ahora bien, este centro oferta muchas menos plazas que su hermano mayor: solo treinta en régimen de pernocta —más cinco de emergencia— restringidas a varones y otras treinta en centro de día abiertas también a mujeres. Dos razones explican la necesidad de segregación por sexos: hay más hombres en situación de calle y llegan en tal estado que no se puede garantizar la seguridad de las mujeres. En estos momentos La Rosa acoge a doce usuarios, de los que más de la mitad son extranjeros.

El estado de salud de las personas derivadas es malo pero no extremo. Para cuadros clínicos agudos el centro idóneo —con mejor equipamiento sanitario— es el Puerta Abierta. Ahora bien, todos los de La Rosa son adictos con fuertes consumos de droga y alcohol. Dependientes crónicos. Solo el año pasado murieron siete usuarios, trasladados del centro al hospital, lo que constituye una cifra desoladoramente alta en proporción al aforo del centro. Su director, sin embargo, refiere también casos esperanzadores como el de Vanessa, una usuaria que logró superar su ludopatía y sobreponerse a su diagnóstico de obesidad mórbida: hace año y medio que se vale por sí misma en una vivienda social. La mayoría aquí cobra una pensión no contributiva o el ingreso mínimo por incapacidad permanente.

«Este es un centro de baja exigencia. Eso quiere decir que somos bastante flexibles con las reglas. Es un edificio pequeño, llevadero, con una proporción alta de trabajadores por usuario. Necesitan muchos cuidados. A menudo vienen de meses sin darse una ducha y cuesta convencerles de que deben asearse. Normalmente los encuentran los equipos de calle y a veces tienen un prejuicio muy grande contra los albergues. Algunos no quieren venir a un centro porque creen que en todos imperan unas normas muy rígidas. Pero aquí somos comprensivos, y si se tiran diez días sin venir no pierden la plaza. No hay sanciones, como en otros centros. Cuando se ponen agresivos les damos un paseo o dejamos que salgan a desfogarse. Lo normal es que vuelvan todos. Para eso tenemos un equipo de guardia por la noche formado por cuatro auxiliares», expone Mario. Aclara que en el centro no está permitido drogarse, pero sí venir con síntomas de intoxicación siempre que no sean «disruptivos».

Muchos aquí acuden a diario a la Cañada Real en busca de sus dosis. La otra opción, la menos mala, se ofrece desde la unidad móvil que aparca cada mediodía entre el Casi y La Rosa. En ella se administra metadona a los drogodependientes que la necesiten. La visión de la paciente cola que se forma al costado de esa ambulancia —a menudo me la encuentro de camino a la redacción— agita pensamientos contradictorios. Pero los médicos como Jorge, que han dedicado su vida a tratar las adicciones de las personas sin hogar, saben que a veces no hay otra manera de reducir el daño que volviéndolo previsible, burocrático, medido. Tratando de domesticar el turbio instinto de la autodestrucción.

El índice de rotación en La Rosa es muy alto. En un solo año pasan por él dos centenares de personas rescatadas de las aceras. Los que mejoran marchan a un centro más grande, orientado a la progresiva ganancia de autonomía, como el Juan Luis Vives. De otros no se vuelve a saber nada. Mario cuenta que le preocupa el caso de Dani, un madrileño de veintinueve años que lleva tres inviernos aquí. Sus padres eran adictos y lo metieron en un internado en Murcia, donde se inició en la delincuencia y se enganchó a la droga. Lo suyo es la cocaína fumada. Volvió a Madrid para vivir con su tía, que le había prometido que compartiría la casa con él si dejaba de colocarse. Pero entre ellos se ha creado una relación tóxica por la cual ella continúa fomentando las habilidades delictivas de su sobrino: él se dedica a robar en tiendas y supermercados para revenderle la mercancía robada a su tía y gastarse el dinero en droga.

«Su actitud es de desafío constante. Imita a macarras que son mucho peores que él: es una estrategia de supervivencia. Se defiende del acoso imitando a los acosadores, pero es la coraza de un enclenque. No tiene condiciones físicas para ganar las peleas que provoca. Acabarán dándole una paliza, acabará en el hospital o en la cárcel. O un día aparecerá muerto en la Cañada Real. Le hemos dicho a su tía que comprándole lo que roba solo empeora la situación de su sobrino, pero no nos hace caso. Es una pena porque Dani es listo. Podría desintoxicarse. ¡Si pusiera un poquito de su parte...!», suspira Mario.

Al salir de La Rosa me topo con un chico delgado que está piropeando a la cartera. Quiere saber si hay carta para él. Luego insiste en invitarla a comer. Ella se ríe y continúa con el reparto. No se la ve incómoda. Parece curada de espanto. Mientras me alejo se me ocurre que quizá aquel galán torpe es el Dani del que me ha hablado Mario. Y quizá, con suerte, su inopinado cortejo a una funcionaria de correos sea el único problema en el que se meta hoy.

Almuerzo en la pradera

Los madrileños sabemos que la primavera empieza a frisar en el verano cuando llega la fiesta del santo, patrón de la Villa y de los pobres del Casi. Hemos quedado en el vestíbulo para salir de excursión a la pradera, como mandan los cánones y los cartones neoclásicos de Francisco de Goya. El revuelo que se ha formado a la entrada del centro invitaría a pensar en un gran éxito de convocatoria, pero finalmente se han apuntado solo siete. No es una de ellas Carolina, una mujer transexual ucraniana (no hay que confundirla con Cissy, la cubana) que pasea por el recibidor su imponente altura de vikinga murmurando contra el Gobierno (el de España, no el de Ucrania). Pero sí se ha animado Ana María, precedida de un espeso olor acre, convencida de que la facundia suple eficazmente la higiene corporal. Carga con determinación la bolsa del almuerzo. Llega hasta mí y me advierte de sus intenciones: «Yo a la pradera voy a ligar y luego a comer. O al revés, no sé. Pero sé que a los tíos les gusta verte comer». Maribel me mira y ladea la cabeza. Me susurra al oído: «No avanzamos mucho con ella. No quiere dejarnos su documentación. No quiere que sepamos quién es». Claro que para ligar y comer nadie le pide el DNI.

También viene Antonio, al que conocí en Ávila, con su barba de lobo de mar y su carácter de lobo de mar, apoyado en su muleta de septicémico como un Ahab del Manzanares. Integrista del aseo, pulcro en el vestir —casi elegante—, nadie se queja como él en toda la red municipal de asistencia. En invierno se queja del frío helador y en verano del calor abrasivo. Y en primavera y en otoño de la chusma que le rodea, de la que se siente infinitamente distante y distinto. Su misantropía es granítica, sin fisuras, aunque tiene que reconocer que su vecino de habitación se ducha a diario. Una vez le pregunté si en vacaciones lo pasa mejor porque el centro se vacía. Me respondió: «¿Vaciarse? ¿Y adónde va a ir toda esta gente? ¿Quién los va a querer?».

En estos momentos Antonio está armando una de sus entrañables escandaleras: acusa a gritos a las autoridades del Casi de haber introducido un plátano subrepticio en su bolsa del almuerzo a sabiendas de su intolerancia a los plátanos. Su voz de barítono truena contra los desaprensivos que han sido capaces de premeditar su envenenamiento: «¡La habéis cagado!». La expedición se retrasa pero él consigue que le cambien el postre. Tres monitoras acompañarán al grupo. Tres monitoras para un total de siete intrépidos usuarios.

Ana María se define como rebelde, y a lo largo de la excursión dará pruebas de la exactitud de su definición. Nació en Melilla, de padre militar. Se casó con un hombre llamado Antonio López que se le murió. Asegura que habla seis idiomas, y lo acredita poniéndose a chapurrear frases en árabe. Pero no se cubre la cabeza con un pañuelo por motivos religiosos sino para que crean que está loca y la dejen en paz. Fue auxiliar de enfermería durante veinte años. «Yo he salvado muchas vidas en Lavapiés», presume. Luego se pone a explicarme la historia del Cid Campeador, me recita «versos» (sic) del *Quijote* y me revela que Eva Braun en realidad nunca se casó con Hitler, que era notoriamente homosexual, sino con Kennedy. No hace falta aclarar que Ana María no está en sus cabales, y tampoco que de los ensortijados circuitos de su cerebro puede brotar la genialidad en cualquier momento. De pronto se detiene y me estudia fijamente. «¿Tienes novia? Yo soy viuda. Pero no encontraré novio en un albergue. ¡No estoy loca!»

A la historia de Antonio un guionista exigente le pondría los reparos propios de los dramas convencionales. Lo que no es convencional es su reacción. En Ávila ya nos contó que fue vigilante de seguridad, que la septicemia le inutilizó una pierna y que pasó dos años en la calle antes de recalar en un centro que odia cordialmente. Lleva seis años viviendo en el Casi. «No habría acabado aquí si no fuera porque no tenía dinero para abogados. Me quitaron la casa ilegalmente. Y en este sitio me tratan mal, es una escuela de delincuencia, no hay más que borrachos y ladrones. Tengo familia, la visito cada Navidad, pero no tengo ropa que ponerme para ir a verlos: la que me regaló mi familia me la robaron esos delincuentes con los que vivo. Yo era agricultor, me ganaba bien la vida, pero me la jodieron esos fascistas.» Para Antonio todo el mundo es fascista o bien antiespañol. Antonio es una víctima que sobrevive en la intersección entre los delincuentes de abajo y los de arriba: ambos extremos agotan para él todas las opciones morales de nuestra sociedad. Es un odiador químicamente puro. Pero quizá su iracundia es hija de una dolorosa lucidez. No se droga, no bebe, no está loco. Y ese es su problema. A diario su conciencia registra con precisión el deterioro del material humano que lo rodea. Una degradación que lo envuelve sin absorberlo. Visto así, las espinas de su carácter obedecen a una estrategia de numantinismo: su dignidad se eriza ante la asimilación. Y resiste a gritos.

Luego está Lucía. Luminosa como su nombre y discreta como su estatura. Es ella la que se dirige a mí desde el asiento del autobús que nos lleva a la pradera de San Isidro. Le causa curiosidad que me cause curiosidad su compañía, y cuando le cuento que escribo un libro enseguida se dispone a facilitarme la tarea. Me informa de que tiene cincuenta y seis, aunque por alguna extraña razón aparenta menos. Los dos años que pasó en la calle —o recalando en distintos centros de acogida— no han logrado mellarla como a otros. De algún modo mágico ingresó en la calle pero consiguió que la calle no ingresara en ella. «Hace un año que vivo en el Casi. No me quejo. Me gusta pasear y leer, leo novela de aventuras y policiaca, también ensayo histórico, pero reconozco que me cuesta concentrarme más que antes. Antes leía mucho. Tenía mi casa y mi negocio: una joyería. Se fue a la mierda con la pandemia. Nadie quiere llevar joyas en una pandemia. No tengo marido ni hijos, era autónoma y me vi en la calle. Llegaron las noches de invierno a la intemperie. La sensación física de congelación. Pero nunca consumí drogas. Ahora duermo caliente en el Casi. No me puedo quejar.»

Hubo un tiempo en que Lucía vendía anillos por tres

mil euros. Compraba el diamante, lo pulía, lo engastaba en el oro bruñido y se lo colocaba a un novio ilusionado. Disfrutaba trabajando el mineral precioso pero no sabía comerciar, nunca aprendió a mejorar sus márgenes. Le fue de mal en peor y la pandemia terminó de arruinarla. Lo perdió todo, siempre que aceptemos que el todo se agota en la materialidad de las cosas. Su espíritu parece irreductible y su sensibilidad no presenta merma alguna. Conserva un gusto estético exquisito y atesora una notable erudición histórica, fruto de su hábito lector. Vive en un albergue, pero se siente suficientemente empoderada como para declarar que jamás viviría en Lavapiés, ni en ninguno de esos barrios bohemios de moda que tanto atraen a la gente de la cultura. «La gentrificación es una lacra. Los artistas dejan los barrios como tierra quemada. Los encarecen y a cambio no está claro que los mejoren.»

El discurso de Lucía fluye sincero y ordenado, dócil a la lógica de una narradora dotada. Después de tantos testimonios su caso me desconcierta. Me desarma. A lo largo de estos meses no he conocido a ningún sintecho con mejor pronóstico que Lucía, por así decir: nadie con el aspecto más cuidado y la cabeza mejor amueblada. No se comprende que viva en el Casi. Y aún se comprende menos que no odie vivir allí sino que se sienta agradecida de que la hayan acogido entre hombres y mujeres que maldicen amargamente su destino en los fugaces intervalos en que los visitan la sobriedad o la cordura. Ella tiene su propia teoría: «La calle en realidad es la consecuencia. La cabeza la pierdes antes de verte en ella y por haberla perdido acabas en ella». Si eso es así, Lucía encarna el mejor ejemplo de que la ruina puede destruirte pero no derrotarte.

Antonio arma otro escándalo al bajar del autobús. Se trata de una maniobra clásica de ataque defensivo, habitual en bebés y en aquellos adultos que tampoco pueden fiarse de sus piernas: es su forma de garantizarse que los monitores lo bajarán con cuidado. Lucía se apresura a disculparle con buen humor: «Aquí todos estamos un poco desquiciados». Ana María remata la observación rompiendo a cantar. A su lado viene Lucas, el sonriente y fornido polaco que se apunta a un bombardeo. También estuvo en Ávila, me recuerda de entonces. Lucas nunca desaprovecha una ocasión para salir. Disfruta participando en todas las actividades que organiza el Casi. «Salud mental», se justifica golpeándose la sien. Vino a Madrid hace década y media y trabajó de pastelero en La Mallorquina de la Puerta del Sol, una de las confiterías más emblemáticas de la ciudad. No le iba mal, incluso pudo alquilarse un piso. Pero le echaron, no encontró nada y tuvo el buen juicio de recurrir a Cáritas antes de exponerse a la calle. Eso le permitió conservar el aspecto que corresponde a su edad, el de un hombre grueso y rubicundo que no llega a los cuarenta. Las monitoras confirman la preocupante tendencia que ha experimentado el perfil de usuario de la red de asistencia: de adultos marginales a personas cada vez más jóvenes cuya vida discurría por cauces de considerable normalidad hasta que sufrieron un revés traumático. «Nos puede pasar a cualquiera», sostiene una de ellas.

Iniciamos el ascenso a la pradera donde Goya plantificaba su caballete para perfilar la silueta más airosa de Madrid. La pendiente supone un reto para el estado de forma de nuestra comitiva. Ana María avanza despacio cuesta arriba, rezongando contra las monitoras que la someten a semejante esfuerzo. Yo me emparejo con Eva, que está a punto de cumplir los cincuenta. Lleva dos meses viviendo en el Casi y compendia su opinión en siete palabras: «Se está bien. Hay cama y plato».

Al coronar la cuesta nos saluda el recio aroma que sale de los puestos de entresijos y gallinejas, tributo al casticismo culinario que todos los años paga este lugar más por superstición que por gusto. Son platos de una rudeza contracultural, perpetrados al amparo del folclore, casi delictivos a la luz de la nueva legislación en materia de bienestar animal. Pero el escrúpulo animalista de los expedicionarios no llega a tanto; de hecho se les ha abierto el apetito. Mar, que hasta ahora no ha dicho una palabra, tiende la vista y el olfato en dirección a las casetas envueltas en humo suculento y no se consuela: «Nos hacen oler esto tan rico y luego nos toca comer la mierda de la bolsa». El menú de pícnic ciertamente no superaría el filtro de un certamen de gastronomía creativa, pero tampoco es para ponerse así. Cada ración contiene dos sándwiches, dos sobres de mayonesa, una botellita de agua, una pera, un plátano y una palmera de chocolate. Procuramos abstraernos del cercano crepitar de costillas y raciones de oreja y nos aplicamos a dar cuenta de nuestro rancho. Todos salvo Ana María.

—Ana María, ¿tú no comes?

—No quiero engordar. Tengo que hacer de modelo dentro de tres meses —replica, cigarro en mano.

En la excursión Lucía encarna el papel de pastora mejor que el de oveja. Está pendiente de todos y de todo. Cuando identifica el hilo musical que llega desde los chiringos de comida no reprime un comentario sarcástico: «Raphael y Nino Bravo. Se ve que esta verbena es inmune al cambio generacional». Pero más tarde suena Raffaella Carrà, que tampoco es que acabe de aterrizar en las radiofórmulas, y los pies se le van detrás del estribillo. Una monitora vuelve de un puesto ambulante con una bandeja de rosquillas variadas, postre típico de la festividad, cortesía del Casi en honor al patrón. La concurrencia aplaude el detalle abalanzándose sobre la bandeja y luego se tiende en la hierba para hacer la digestión e incluso descabezar una siesta. La excursión continuará con una visita a la sacramental de San Isidro, el cementerio más bonito de Madrid. Pero antes hay que ir al baño. Y no hay baños. Así que Mar y Lucía se pierden entre los árboles con una servilleta de papel en la mano. En un alarde de camaradería femenina, una monitora se anticipa a la observación de Antonio y la reprime antes de que se produzca: «Es que vosotros sacáis la churra y ya, pero nosotras…». Ana María protesta: «Oye, oye. Deja la ciencia en paz. ¿Qué lenguaje es ese?». Después, con la espalda apoyada en un árbol y la vista alzada a las nubes, la prodigiosa Ana María cede a un rapto contemplativo: «Si no hubiera que morirse... Sería mejor, la verdad».

La expedición se divide. Hay quien prefiere quedarse a sestear en la hierba, invocando un argumento imbatible: «Si todavía estamos vivos, ¿para qué ir a ver muertos?». El resto marchamos hacia la entrada de la sacramental, donde enseguida salen a recibirnos los inevitables ángeles tristes de todos los camposantos. Lucía aclara que los ángeles no existen, pero que cabe imaginarlos como energías protectoras. Eva pregunta por la diferencia entre tumba, nicho y panteón. Atravesamos los mausoleos majestuosos de aquella aristocracia decimonónica que quería ganar la lucha de clases incluso después de muerta. Del neogótico al modernista voy comentando los distintos estilos escultóricos con Lucía, que camina a mi lado.

De pronto divisamos una tumba adornada con flores y atravesada por un patriótico lazo rojigualda. Cuando nos acercamos resulta ser la sepultura de José Antonio Primo de Rivera. El Gobierno ordenó remover la lápida preferente que cubría sus restos en la basílica del Valle de los Caídos y no hace ni dos semanas que fueron reubicados aquí. La polémica que levantó el episodio en los medios contrasta con la perfecta indiferencia que reina en el lugar: por esta vez el silencio sepulcral deja de ser un tópico. Ningún fanático se ha molestado en interrumpir el descanso definitivamente civil del fundador de Falange, bien por vandalismo o bien por exaltación. La sobria factura de la tumba despierta la admiración de la concurrencia. Esperaban algo más rumboso de familia tan renombrada. A su lado yace su hermana Pilar y más allá aparece un enterramiento idéntico pero sin rótulo, presumiblemente vacío, dispuesto para el siguiente. «Mi cuerpo será destruido, acabará en cualquier parte», medita Lucía.

Cuando regresamos al merendero descubrimos a Mar durmiendo descalza y a Antonio echando pan a los pájaros. Formamos una tertulia a su alrededor para hacer balance de la jornada. Antonio se queja, pero no encuentra los motivos en la pradera de San Isidro sino en el patio del Casi, que estos días luce engalanado con banderas multicolores de todos los países del mundo. «¡De todos menos de España! Es increíble. Se lo diré al concejal, que mañana viene de visita. Ya podría darnos un cacho de su sueldo.» Manuel, que es gangoso y apenas se le entiende, regresa triunfal de su audaz incursión en una caseta: ha logrado autoinvitarse a un café. De la megafonía brota una canción de María Jiménez y Ana María sentencia: «Esa llevaba más cuernos que una cuadra de vacas. La mujer no se tiene que casar con hombres guapos. Es un error».

El sol baña a la pequeña expedición del Casi tendida en la hierba. Casi reverbera en las pecas del rostro de Lucía, que cierra los ojos y sonríe siguiendo el curso de sus propios pensamientos. Son pensamientos transparentes como su piel tersa de joyera arruinada y de superviviente agradecida. El lastre de su pasado descansa muy lejos de ella: debió de arrojarlo después de una última crisis de identidad, resuelta a caminar como los poetas, ligera de equipaje. Parece no necesitar nada más en esta vida que la promesa del verano y la seguridad de un techo.

En el grato sopor de las tres de la tarde los observo disimuladamente. Sobre aquel pedazo de hierba parece haberse declarado una tregua entre ellos y el mundo, aunque el mundo y ellos saben que la paz de los privados de techo no será duradera. Me despido de todos y me arranco de allí con el remordimiento de siempre, alejándome despacio pero alejándome, soportando sus últimas miradas de intempestiva gratitud, portando una culpa difusa y la avergonzada promesa de no volver a ignorarlos. Visibles al fin.

Posfacio. Para qué sirven los pobres

Durante el año 2023 la red de asistencia a personas sin hogar atendió solo en la Comunidad de Madrid a 2.082 personas, de las cuales el setenta por cierto eran hombres y el treinta por ciento mujeres. Naturalmente no son todas las que hay: no todas aceptan pasar por la Puerta Única de Entrada del Casi. El informe de Cáritas de 2023, que emplea una categoría de sinhogarismo más elástica que la de la administración pública, arroja una cifra de 39.487 personas atendidas en todo el ámbito nacional y señala un crecimiento del seis por ciento en un solo año. Para evitar la trampa de la institucionalización que prolonga el círculo de la dependencia, el nuevo paradigma de políticas sociales promueve cada vez menos los grandes centros de acogida a la antigua usanza y cada vez más las viviendas tuteladas o compartidas. Y sin embargo alguien tiene que abrir las puertas a los náufragos que la calle arroja cada semana. Cuando urgen la cama, el calor y la comida, ninguna solución compite con el Casi. Un buque insignia de ochenta años, con una tripulación mixta de religión y laicidad, de sector público y privado, de voluntad y presupuesto, de izquierda y de derecha, que ya ha perdido la cuenta de las vidas que ha rescatado. Son y serán tantas que no hay manos que no sean bienvenidas.

Una mañana el periódico traía esta noticia: «Una mujer de 42 años muere quemada bajo el puente de Pedro Bosch», en el distrito de Retiro. El lector piensa enseguida en unos fascistas desalmados, en esos pandilleros infestados de fobia/odio que tratan de ascender en la cadena trófica de la calle depredando a quienes no pueden defenderse. Pero luego sigue leyendo y descubre que la víctima vivía con su pareja y que su chamizo fue incendiado por una pareja más joven de indigentes que pugnaba por el territorio, esa mísera parcela bajo el puente. El fuego es el arma recurrente en esta clase de sucesos. Muchos usuarios de centros como el Casi me han confesado el miedo a arder en la calle una noche cualquiera; los hay que han sobrevivido a algún intento o que lo han atestiguado. Pero ¿por qué el fuego? Quizá algunos sintecho asumen hasta tal punto su deshumanización que acatan la legitimidad del castigo más atroz en las plácidas ciudades dormidas. La hoguera es el destino que reservamos a la basura, a la escoria, a la impureza. Cremar a los vivos es declarar que ya estaban muertos. El mendigo que quema a otro mendigo aspira a resarcirse de la condición compartida con la víctima convirtiéndose en verdugo. Quema lo que aborrece de sí en otro, ofrece un sacrificio al diablo. Por eso cada vez que nos llega la noticia de la quema de un indigente nos informan de un crimen contra la humanidad.

Leí también que uno de cada tres canadienses está de acuerdo en que se recete el suicidio asistido a las personas sin hogar o en situación de pobreza. En Canadá ya es legal el suicidio asistido para personas que no sufren una enfermedad terminal. Canadá está considerada una de las democracias más avanzadas del planeta. Se conoce que una democracia avanzada es aquella que aplica literalmente la provocación de Wilde: «Si las clases humildes no dan un buen ejemplo a las otras, ¿para qué sirven?».

Los pobres sirven para varias cosas. Se puede hacer una revolución en su nombre, por ejemplo. La historia registra muchas así, aunque sus autores rara vez eran pobres y los pobres rara vez mejoraron su condición una vez completado el épico vuelco. Durante la gran recesión de 2010 un taxista le hizo ver a un amigo mío que no había mendigos por las calles de Madrid. Los mendigos, le explicó, desaparecen en las crisis económicas porque saben que la gente no tiene para limosnas. Si aceptamos la teoría del taxista, los pobres también servirían para avisar del paradójico retorno de la prosperidad. Dicen que en las sociedades calvinistas el pobre es un sospechoso habitual, el culpable sumarísimo de su desdicha: es pobre porque fue malo. En la católica España aún cabe la adversativa que salva la honra: se puede ser pobre pero honrado.

Ahora bien, los que no sirven definitivamente para nada son los indigentes, los pordioseros, los vagabundos, los sintecho, los nadie. En *Silencio administrativo* la escritora Sara Mesa se ocupó de una de esas personas. «No es que estén en riesgo de exclusión: es que ya han sido excluidas. Para solicitar ayudas hay que ser pobre, pero no tanto», escribe. De ese límite debemos hablar: de ese adverbio de cantidad que designa a los casi ciudadanos. Y no solo para reivindicar sus derechos sino también para tasar nuestra propia humanidad en función de ellos.

Pero este grado cero de exclusión nunca permanece en el foco mucho tiempo. Quizá por algún mecanismo instintivo de autodefensa. La aprensión está inscrita en nuestra naturaleza adaptativa, y es ese desinterés antropológico lo que vuelve interesante el desamparo absoluto. La noticia periodística no logrará rentabilizar la atención puesta sobre él, y una ficción literaria verosímil fracasará al elegir personajes como estos, que ni protagonizan conflicto alguno ni ponen en juego su libre albedrío para resolverlo o para agravarlo. Una concatenación implacable de desgracias desarticula sus vidas hasta paralizarlas en la postura de un pelele, y la hipótesis de la redención resulta demasiado improbable como para asegurar la catarsis. A menudo estos casos solo ofrecen un daño mudo, una violencia padecida sin propósito. Nuestras neuronas espejo, que son las encargadas de activar la pulsión de la empatía, solamente funcionan bajo la premisa del reconocimiento. Esta es la razón de que nos den más lástima los desclasados recientes —un titulado universitario que acaba entre cartones— que los indigentes de larga duración.

Y sin embargo, junto con la repulsa toda sensibilidad afinada registra ante los excluidos la onda de una atracción. Si la negamos, en el instante mismo en que apartemos la mirada escucharemos el reproche de una voz íntima. No se trata de moral religiosa sino del vínculo profundo con el dolor de la especie. El escalofrío de presentir que un día podría pasarnos a nosotros. Y la iluminación de que no debemos vivir evitando la fragilidad, porque susurra la verdad desoída de nuestra condición.

El indigente es el otro más puro, el más alejado de nuestra posición social, y a la vez es uno de nosotros. Filósofos como Lévinas, testigo judío del Holocausto, teorizaron sobre la experiencia de la alteridad radical. Y poetas como Hölderlin intuyeron que donde hay peligro está también lo que nos salva. Nunca seremos fuertes si no nos hemos probado en el encuentro directo con el desvalimiento.

La misteriosa agudeza del artista medieval describió el infierno como el lugar de la falta de semejanza. Siglos después Tolstói hizo la misma observación al comienzo de su famosa novela: todos los infelices son desiguales entre sí y todos los felices se parecen. La vida es la lucha por la igualdad de los desiguales, pero también la lucha por la desigualdad de los iguales. Por eso un Estado social y democrático no cumple su objetivo prestando asistencia sino aspirando a volverla innecesaria. Los trabajadores sociales no se cansan de fomentar en sus asistidos el anhelo de autonomía que los encamine de regreso a la casa de la dignidad.

Existe una solidaridad abstracta —hipócrita— que no se conmueve ante seres de carne y hueso. Desborda consideración al paradigma de la víctima, pero no se detiene al paso de las víctimas concretas. Mantener vivo lo particular frente a las generalizaciones de la ideología: esta es la humilde batalla en la que hay que comprometerse. No existen los sintecho. Existe cada persona privada de hogar que un día podríamos ser nosotros. Este libro recoge las historias de algunas de esas personas. Residen aún en un lugar llamado Casi, que se levanta a un kilómetro exacto de mi piso, amparando toda la miseria de este mundo, escondiéndose de la mirada de sus vecinos. Pero ya no de la mía.

«Vive de tal manera que tu muerte sea una injusticia.»
MIGUEL DE UNAMUNO

Desde LIBROS DEL ASTEROIDE queremos agradecerle el tiempo que ha dedicado a la lectura de *Casi*.
Esperamos que el libro le haya gustado y le animamos a que, si así ha sido, lo recomiende a otro lector.

Al final de este volumen nos permitimos proponerle otros títulos de nuestra colección.

Queremos animarle también a que nos visite en www.librosdelasteroide.com y en nuestros perfiles de Facebook, Twitter e Instagram, donde encontrará información completa y detallada sobre todas nuestras publicaciones y podrá ponerse en contacto con nosotros para hacernos llegar sus opiniones y sugerencias.
Le esperamos.